CORCYN HEDDWCH

CORCYN HEDDWCH

gan

Beca Brown

Argraffiad cyntaf: 2005

Rhif Llyfr Safonol Rhyngwladol:
1-84527-003-7

Cyhoeddir dan gynllun comisiwn Cyngor Llyfrau Cymru

Clawr: Sion Ilar

Argraffwyd a chyhoeddwyd gan Wasg Carreg Gwalch,
12 Iard yr Orsaf, Llanrwst, Dyffryn Conwy, LL26 0EH.
☎ 01492 642031
🖷 01492 641502
✆ llyfrau@carreg-gwalch.co.uk
Lle ar y we: www.carreg-gwalch.co.uk

*I Leisa Gwenllian
a Tomi Llywelyn*

Pennod 1

Goriada – tic, ffôn – tic, lipstic – tic, ymbarél – tic, peiriant godro – tic. Grêt, bora cynta, a bob dim gen i. Damia – corcyn heddwch, ma' rhaid ca'l corcyn heddwch. Tic. Ond ydi'r sglyfath yn lân, ta ydi sneips crystiog ddoe yn dal i lynu ato fo? Trochiad sydyn o dan y tap, ac mae o fel newydd. Reit. Bag fi – tic; bag Anni – tic. Ac i ffwrdd â ni.

Y corcyn heddwch ydi rhif tri ar fy rhestr Pethau Ddudish I Fyddwn I Byth Yn Eu Gwneud Taswn I'n Cael Babi, Ond Hei Ho Wele Fi Yn Eu Gwneud Nhw I Gyd. Rhif dau ydi gadael y tŷ heb ronyn o golur ac yn gwisgo nicar ddoe. Rhif un ydi cyfansoddi'r rhestr siopa tra'n cael secs.

Mae'n gas gen i ddymis. Maen nhw'n betha diawledig o hyll a choman, a does na'm byd gwaeth na gweld babi yn cael ei wthio ar wib rownd dre efo corcyn plastic gorliwgar yn cau'i geg o. Ro'n i'n arfer teimlo fel mynd yno i ddad-gorcio'r bychan anffodus, a'i ryddhau o i gega a strancio a phrotestio fel babi go iawn.

Ond gyda dyfodiad Anni fach a'i chrio mawr, daeth y corcyn heddwch yn aelod hollbwysig o'r teulu newydd, ac am dri o'r gloch y bora, mi fyddai'n estyn amdano fo fel ro'n i'n arfar estyn am jinsan ar nos Wenar.

Heddiw ydi 'niwrnod cynta' i nôl yn y gwaith, a dwi'n teimlo fel chwydu. Dwi isho sdampio 'nhraed fel todlar blin – dwi'm isho mynd dwi'm isho mynd dwi'm isho mynd! Fi – Leri Elis – wyrcaholic a glamyr-pws bedair-awr-ar-hugain, isho aros adra efo babi sy'n pibo brocoli a gwichian fel lladd-dy? Di'r peth ddim yn gneud sens siŵr iawn.

Bymtheg mis yn ôl roedd bywyd reit braf, diolch yn fawr iawn. Newydd briodi oedd Dils a fi, ac roeddan ni'n joio 'Ready Brek glow' bod yn gwpwl ifanc, uchelgeisiol mewn jobsus da. Roeddan ni'n llongyfarch ein hunain ar fod yn bâr priod y fileniwm newydd, yn gyfartal yn y gwely ac yn cymryd twrn efo'r hwfro hefyd.

Doedden ni ddim wedi meddwl am blant. Wel, roedden ni'n dychmygu'n hunain yn rieni rhywbryd yn niwloedd pell ein tridegau hwyr, ond yn wyth-ar-hugain oed ac yn gyd-berchnogion ar soffa hufen o Habitat? No wê.

Ond daeth y linell las i newid hynny i gyd. O'n i wedi bod yn teimlo dipyn bach yn giami, ond heb feddwl rhyw lawer am y peth – gormod o Vodka Redbull ar stumog wag feddylish i. Ar ôl chwe wythnos o aros misglwyf, a dim sniff o salwch pen y mis, daeth hi'n amlwg bod rhaid mynd am dro i Boots.

Dach chi'n gwbod pan maen nhw'n deud mewn llyfra a ffilms a ballu bod eich bywyd chi i gyd yn fflachio heibio o flaen eich llygaid pan dach chi'n cael damwain gas neu sioc o rywfath? Wel, o'n i wastad wedi meddwl mai rhyw falu cachu ystrydebol oedd hynny, ond wchi be, mae o'n wir bob gair.

Dyma fi'n pî pî ar y tamaid plastic ac ista am rai eiliada'n gwylio'r gwlybaniaeth yn araf ddringo'r papur litmws. Mi basiodd rhyw bump eiliad arall mewn sgidia hoelion mawr, ac wele'r glesni'n ffurfio'n llinell denau drwy ganol y ffenest fach. Shit. Dwi 'di blydi gneud hi rŵan. A dach chi'n gwbod be ddaeth i'm meddwl i gynta? Ar ôl 'i gor-neud hi braidd ar y tec-awês, o'n i newydd lwyddo i golli hannar stôn ar y ddeiet Atkins, ac wedi gwario dros hannar can punt ar bâr o jîns blydi lyfli o Zara. Rŵan mi fyddai'r holl waith caled heb sôn am y jîns newydd yn mynd yn wastraff. Dyna aeth drwy'n meddwl i. Hogan wirion, de?

Dwi'n amal yn meddwl am hynny pan fyddai'n magu Anni cyn ei rhoi hi lawr i gael napan fach. Ro'n i'n meddwl am y peth ddoe, a'n stumog i'n troi wrth feddwl nad y fi fyddai'n ei magu hi o hyn allan, ddim yn ystod y dydd, beth bynnag. Mae'r penwythnos yn teimlo mor bell, a'r pum niwrnod nesa yn teimlo fel oes.

Mae hi'n tynnu am chwarter wedi wyth, ac mae'n hen bryd inni'i throi hi am y feithrinfa. Ond mae Anni fach yn crio, a phan dwi'n ei chodi hi ata'i mae hi'n claddu'i hwyneb fach yn 'y mronna i. Damia. Dwi'n sbïo ar fy watsh, ac ar Anni a'i hwyneb fach ymbilgar. Oreit, cari bach, un ffidan arall. Mae 'mronna i'n orlawn bora 'ma – dwi 'di bod yn trio cael Anni i gymryd potal ers dyddia, ond does dim byd yn tycio. Dwi'n codi'n nhop a phwshio 'mrasiar o'r ffordd, ond cyn i Anni fach gael cyfle i sodro'i hun ar y deth, mae'r llaeth yn tasgu i bobman – dros fy nhrowsus Karen Millen, dros fy sgidia swêd newydd, dros bob man. Damia.

Ugain munud i naw, a 'dan ni'n barod i fynd. Dwi 'di newid fy nillad i a chlwt Anni – plîs paid â chwydu blodyn bach. Mewn i'r car, a thrio rhoi'r bali sêt yn ei lle yn iawn – pam bod tacla babis i gyd mor blincin anodd eu trin? Baby-proof? Blydi parent-proof os 'dach chi'n gofyn i fi.

Deg munud i naw. Damia eto. Jyst digon o betrol, dwi'n meddwl. Dwi'n gyrru fel cath i gythral lawr y ffordd ddeuol. Mam ddrwg. Mae'r ffôn bach yn canu. Dils sy' 'na ma' siŵr, isho gweld sut a'th petha. Dwi'n gwrthsefyll yr awydd i'w ateb o. Mam gyfrifol.

Ma'r feithrinfa'n edrach yn ocê. Mae'r peintiada ar y ffenestri'n dechra pylu a gwisgo, ond dydw i ddim am roi gormod o bwys ar hynny rŵan fwy na nes i flwyddyn yn ôl, pan es i yno i roi enw Anni-yn-y-bol ar y rhestr aros hirfaith. Dim lle i barcio. Damia eto fyth. Dwi'n dybl-parcio, ac mae'r ffôn bach yn canu eto. "Dils – newydd gyrradd dwi. Ffoniai di wedyn ocê? Be? O blydi hels bels – tria di adal y tŷ mewn llai nag awr efo cant a mil o betha i'w cofio a babi'n trio mynd dan dy jympar di fel blydi fferat!"

Cip sydyn arna' fi fy hun yn y drych. Hmm. Dwi'n edrach fatha dynas. Mi alwodd rhyw hogyn bach fi'n 'that lady' mewn siop y diwrnod o'r blaen, ac mi welai pam rŵan. Ydi hi'n bosib bod yn ferch ac yn fam d'wch?

Dwi'n stryffaglio fyny'r grisia' efo'r bag tacla babis (potal, corcyn, dwy set o ddillad, tedi, eli dannadd, cwpan diod); pecyn o gewynnau (Pampyrs – dwi 'di hen roi'r gorau i drio bod yn wyrdd), ac Anni, wrth gwrs. Dwi'n canu'r gloch, a daw llais dros yr intyrcom. Dwi prin yn medru clwad be ma'r hogan yn ei ofyn, ma' 'na gymaint o sŵn sgrechian yn y cefndir. "Helo? O, sori, ia, y... mam Anni sy' 'ma..." Mam Anni. Dyma'r tro cynta imi'i ddeud o go iawn. Leri Elis – yn fam, cofiwch.

Dan ni'n mynd i mewn, ac mae'r lle'n drewi fel tŷ'r eliffantod ar ddiwrnod poeth. Mae 'na fôr o wyneba o 'mlaen i – y genod sy'n gweithio yna yn or-glên, ac yn ffysian drostan ni'n dwy fel tasan ni newydd landio o Mars. Ma'r plant yn llygadrwth, rhai yn crio, rhai jyst yn sbïo, a phawb wrthi'n drwsgwl efo tôst a jam.

Dwi'n gosod y bag a'r cewynnau ar y llawr, ac yn codi Anni o'i sêt car. Ma'r sêt yn cael aros yma, fel ein bod ni'n gallu smalio y bydd Dils yn dod i'w phigo hi fyny weithia. Be dwi fod i 'neud rŵan? Ma'r genod – Clare fydd yn gofalu am Anni, hogan ddigon clên yr olwg – yn edrych arna'i yn ddisgwylgar. Ma' nghalon i'n curo, ond dwi rhywsut yn ffendio'r nerth i wenu gwên rhy lydan a phasio Anni i freichiau croesawgar Clare. "Iawn ta cariad, Mami'n mynd rŵan ocê? Welai di wedyn ia boi?" Fel mae dwylo modrwyog Clare yn gafael yn dyner am Anni, daw bloedd fel banshi o gyfeiriad fy merch, ac mae'r croen pinc sydd i'w weld rhwng cydynnau golau ei gwallt yn dechra troi'n biws dan brotest. Mae hi'n lluchio'i hun yn ôl gyda'i holl nerth, nes bod Clare yn gorfod gafael ynddi'n dynnach i'w harbed hi rhag disgyn ar y llawr. Mae'r gweiddi'n mynd yn uwch ac yn uwch, a dydw i dal ddim yn gwbod be i 'neud. Yr unig beth dwi isho gneud ydi cipio Anni o freichiau Clare druan, ond yn lle hynny dwi'n gofyn yn betrus, "Ydi hi'n iawn imi ddod i'w gweld hi amser cinio?" Mae'r genod yn sbïo ar ei gilydd, "Ydi, cyn belled â bod hi ddim yn ypsetio gormod ia?"

Ma' un o'r genod eraill fel petai hi'n trio fy hebrwng i am y drws. Mae'n amlwg bod disgwyl imi gerdded i ffwrdd a gadael Anni fel hyn. Dwi'n cymryd cam yn ôl, a chodi llaw yn bathetic ar fy merch, sydd yn un stremp o ddagrau a sneips. Dwi'n troi i fynd, ac mae Anni'n estyn dwyfraich desbret amdana'i. Dwi'n troi i ffwrdd, ac yn cerdded allan i'r cyntedd, a sgrechiadau Anni yn atseinio yn fy nghlustia'. Mae'r rheolwraig wedi dod atai erbyn hyn, ac mae hi'n rhoi braich cydymdeimladol ar fy ysgwydd. "Mae'n anodd yn dydi..." Dwi'n gwichian ateb o rhyw fath, ac fel mae drws y feithrinfa'n cau, mae'r dagrau'n powlio. Bechod nad ydyn nhw'n gneud corcynnod heddwch mewn seisus oedolyn.

* * *

"Hei! Leri!" Cusan aer ar bob boch. "Sut wyt ti? Lyfli i dy gael di nôl! Ti'n edrach yn grêt – hei, ti'm 'di bod yn crio wyt ti? Duwcs, paid â phoeni, ma'n dda iddyn nhw sdi – gneud nhw'n tyff. Fyddi di'n diolch yn y diwadd gei di weld." Ugain munud wedi deg. Dwi yn y swyddfa, ac mae'r masgara yn ôl yn ei le. Dwi'n trio meddwl am Anni'n bod yn tyff, ond dydi'r dychymyg ddim cweit yn caniatàu.

"A ti 'di gneud yn grêt i golli'r pwysa – ti bron 'nôl i fel oeddet ti! O'dd y brest-ffidio'n dda i rwbath 'lly!"

Sgin 'im calon i ddeud wrth Olwen (aka bitsh y swyddfa) mai staes M&S a chyfnodau amhenodol o ddal fy ngwynt sydd yn gyfrifol am fy nghanol ymddangosiadol dwt.

"Lle ma' Sera?"

Sera ydi Fy Ffrind Gorau Yn Y Swyddfa. Dan ni 'di cael blydi gwd laff dros y blynyddoedd. Ma' hon yn joban lle fedri 'di gael laff go iawn, a dydi o'm yn ormod o ots os wyt ti'n gneud poitsh o betha. Y cwbwl dan ni'n gneud ar ddiwedd y dydd ydi penderfynu pa sgertia, bagia a sgidia sy'n cael eu hwrjio ar ddarllenwyr awchus ein rhacsyn papur, amball i rifiw, colofn deledu a dipyn go lew o giniawa amhwrpasol efo pwysigion ymffrostgar.

Dwi'n clwad sŵn traed ac yn teimlo rwbath yn cydio ynddai'i dynn – yn rhy blydi dynn. "Sera! Watshia nhits i bendith nefoedd i ti!" 'Dan ni'n cofleidio, ac am eiliad mae'n teimlo'n braf i fod 'nôl.

"Sbia be ti 'di neud rŵan, Ses!"

Ma' na ddau batshyn gwlyb wedi ymddangos ar flaen fy nhop. Ma'n hi'n ddiwedd y bore, ac mi fydda Anni'n cael ffidan tua rŵan fel arfer.

"Sori Ler, do'n i'm yn gwbod bod nhw mor beryg!"

"Ti'm yn dal i fwydo dy hun wyt ti?" medda Olwen a golwg disgysted arni.

"Yndw Ols. Ma' raid imi fynd i ecsbresio rŵan deud gwir. Ma' nhw fatha blydi cerrig gen i. Ti'n dŵad Ses?"

"Grêt – mi roith jans imi ga'l ffag."

"Ecsbresio? be ddiawl 'di hynny?" Ddim jyst edrach yn thic ma' Olwen druan.

"Godro'r llaeth allan cyn imi ecsplodio."

Distawrwydd am funud, a dwi'n sylwi mai ddim jyst Olwen sy'n sbïo'n syn arnai erbyn hyn. Blydi swyddfeydd open-plan.

"Be nei di efo'r llaeth?"

"Gei di o yn dy banad os ti'n gofyn yn glên Ols."

Fedrai'm peidio â chwerthin rŵan. Neis wan Ses.

Dwi'n estyn y peiriant pwmpio o'm mag, a dan ni
cychwyn ar sgowt am rwla tawel imi gael gwaredu peth
o'r llaeth 'ma ac i Sera i gael 'i ffag. Ma' hi'n ddewis
rhwng y bog a'r sdafall smocio, felly, dan ni'n ffendio
congol ddistaw yng nghanol y mwg sdêl, a dwi'n
ymbalfalu efo'r teclyn. Er mod i wedi'i ddefnyddio fo o'r
blaen, dydw i ddim yn giamstar chwaith, ac mae'r nerfau
yn 'y ngwneud i'n fodia i gyd. Rhyw fath o dwmffat efo
potal yn sownd ynddo fo ydi o, ac mi rwyt ti'n ei osod o
dros dy deth ac phwmpio fel tasa ti'n codi pwll padlo.

"Be 'sa rhywun yn dod mewn Ses?"

"Duw duw, twll 'u tina nhw siŵr iawn. Ma' gen ti hawl
does?"

"Wn i, ond blydi hel, be sa'r hen sglyfath 'na o'r ddesg
chwaraeon yn dod mewn a 'ngweld i fel hyn?"

"'Sa fo'n meddwl bod Dolig 'di dod ddwywaith."

"Dyna sy'n 'y mhoeni fi!"

"Be wyt ti'n mynd i neud efo'r llaeth?"

"Lluchio fo am wn i. Mi allwn i gadw fo yn y ffrij a'i roi o
i Anni nes mlaen yn lle'r mochyndra SMA 'na, ond beryg
'sa Olwen yn cael ffit biws. Dwi mond yn 'i neud o fel bod
y syplei ddim yn sychu, ac i sdopio'r llanast de!"

"Wel ia! Lactating is so last season, darling!"

Dan ni'n dwy'n chwerthin, a dwi'n dechra ymlacio dipyn bach. Diolch byth am Sera. Mae'r teclyn yn ei le, a dwi'n dechra pwmpio.

"So deutha fi Ses, be sy' 'di bod yn digwydd yn y lle 'ma ers imi adal?"

Ma' Sera'n cymryd drag hir ar ei ffag a golwg ddireidus yn ei llygaid, ond cyn iddi gael cyfle i ateb mae'r ffôn bach yn canu.

"Shit – Dils!"

"Ddim fel'na ddyla ti fod yn siarad am dy annwyl ŵr a thad cannwyll dy lygad!"

"O'n i fod i ffonio fo gynna i ddeud sut a'th hi efo Anni. Nei di'm atab imi?"

Mae Sera'n dal 'i ffag yn ei cheg ac yn estyn am y ffôn. Mae'r mwg yn gwneud i'w llygaid ddyfrio.

"Dils – Sera sy' 'ma, fedar Ler ddim siarad efo chdi rŵan am bod hi'n rhy brysur yn godro. Yndi, go iawn rŵan. Ddim be oedd gin ti mewn golwg pan oeddach chdi'n propôsio ma' siŵr! Ond rhatach na bŵb job 'fyd!" Ma' Sera'n rhoi winc cyfeillgar i gyfeiriad fy nghlifej. "Mae o isho gwbod os oedd Anni'n ocê…"

"Nagoedd, deutha fo."

"Nagoedd, Dils… Mae o isho gwbod pam."

"Wel pam ti'n meddwl, y clown?"

"Glywis di hynna Dils? Ia... wn i...ffonith hi chdi wedyn ocê? Go iawn rŵan."

"Be ddudodd o?"

"O, jyst rhegi a deud 'na ddim bai fo dio."

"Grêt."

"Eniwe – y goss!

Pennod 2

Fy mhenwythnos cynta ar ôl cychwyn gwaith, a dwi ar dân isho treulio amser efo Anni – o, a Dils wrth gwrs. Ond wyddoch chi be, mae fy annwyl ŵr 'di gwadd ei blydi rieni acw – fedrwch chi gredu'r peth?

Wrthi'n golchi'r llestri mae o, ac mae o'n trio torri'r newyddion mewn ffordd fach ddi-daro, gan obeithio nad ydw i'n mynd i chwythu 'nhop. Dwi wrthi'n dadmer ciwbiau o fwyd wedi'i rewi i Anni – dim blydi jars yn y tŷ yma dalldwch (wel, 'di hynna ddim cweit yn wir, mi fyddai'n eu cuddio nhw tu ôl i'r lentils gan smalio i fi fy hun nad ydyn nhw yno. Dim ond mewn argyfwng ynde. Neu os 'di Pop Idol ar gychwyn.)

"Be ddoth dros dy ben di i 'neud y ffasiwn beth Dils, ti'n gwbod gymaint dwi 'di edrach mlaen at y penwsos 'ma!"

"Ma' nhw isho gweld Anni dydyn, does na'm byd yn bod ar hynny nagoes?"

"Wel oes, a finna 'di diodda' wythnos o drôma emosiynol!"

"Ocê, na'i ganslo."

"Paid â bod yn wirion."

"Wel be ta?"

"Wel… gei di sortio'r llofft…"

"Ia, iawn."

"A paid â meddwl bod dy fam yn cael 'yn hel ni gyd i'r capel dydd Sul!"

"Wel o leia' fydd hi'm yn trio ffeng-shweio'r bathrwm fel dy fam di!"

"Isho chdi gau caead y pan o'dd mam, dio'm yn big dîl sdi!"

"Ma' dy ferch yn crio."

"Dwi'm yn fyddar. Ti'n mynd i rinsio rheina?"

"Be?"

"Y poteli 'na – ti'n mynd i rinsio'r sebon oddi arnyn nhw?"

"Ti isho gneud nhw dy hun?"

"Ddim dyna ddudish i naci?"

"Ma' Anni'n crio."

"DWI'N GWBOD!"

"Ocê, sdim isho gwylltio!"

A dyna sut ddechreuodd ein nos Wener ni. Aeth Anni i'r gwely heb fawr o ffŷs, ac ar ôl byta, golchi'r llestri, rhoi'r peiriant golchi ymlaen a chadw dillad glân Anni, dyma setlo o flaen y teli efo Dils a photal o goch.

"Glywis di rwbath?" Nid 'mod i'n baranoid na dim, wrth gwrs.

"E?"

"Glywis di sŵn?"

"Naddo – ma'r monitar mlaen yn dydi?"

"Yndi ond…"

"Ond be?"

"Dwi'm isho iddi ddisgyn allan neu rwbath cyn imi ga'l cyfla i'w chyrradd hi…"

"Be, di'n y gwely?"

"Yndi…"

"Pam 'sa chdi'n rhoi hi'n y cot?"

"Ma' hi'n setlo'n well yn y gwely efo fi'n gorwadd wrth 'i hochor hi…"

"Dwi'n siŵr 'i bod hi, ond yn y cot ddylia hi fod – ma' hi'n chwe mis oed Ler!"

"Jyst am heno, ia?"

"Ia ia, a be am bob heno arall?"

Dwi'n cwtsho fyny at Dils, gan obeithio 'i gadal hi fel'na, ac mae o'n rhoi braich gariadus am fy ysgwydd i. Ffiw! Ond mae'i fraich o'n dechra crwydro, a dwi'n teimlo 'nghorff i'n sdiffio fel bordyn.

"Bydd rhaid inni fod yn greadigol ta, yn bydd?"

"Y...be?"

"Os 'di Anni yn y gwely, fydd rhaid inni feddwl am ffyrdd erill o... ti'n gwbod..."

Mae o'n fy nghusanu i'n dyner, ac mae ei ddwylo'n crwydro dros fy mronnau, ac i lawr at fy nghanol. Dwi'n dal fy ngwynt ac yn trio tynnu 'mol i mewn, ond mae'r rholyn o gnawd yn dal i ista'n flonegog uwchben fy malog. Pam o pam nes i'm dechra ar y sit-yps yn gynt? Mae ei gusanau'n nwydus erbyn hyn, a dwi'n trio ymlacio, ond ma' llygad fy nychymyg yn mynnu edrach i lawr arna'i ar y soffa, a dydi hi ddim yn olygfa neis. Ma' ôl y tatws melys y bu Anni'n lluchio ar y llawr yn stremps dros fy ysgwydd. Ma' hi wedi chwalu fy ngwallt i bob cyfeiriad wrth fynd i gysgu, a dwi'n ama' mai hen nicar pỳg o gyfnod fy meichiogrwydd sydd genni amdana'i heddiw, a hwnnw'n seis 16 ac yn hongian fel sach am fy nhîn. Ych. Sut yn y byd fedar Dils stumogi'r syniad o gael rhyw efo fi? Dwi'n datgymalu fy hun oddi wrtho fo.

"Be sy'n bod?"

"Dim byd..."

Mae o'n edrach arnai'n ddisgwylgar, a sgennai'm calon i

ddeud nad ydw i isho cael rhyw efo fo heno. Dwi'n caru Dils, a dwi hefyd yn meddwl 'i fod o'n eitha pishyn, ond dydw i ddim yn teimlo fel person fedar garu'n wyllt ar y soffa efo Pobol y Cwm ymlaen yn y cefndir. Dwi'n llithro ar fy nglinia ar y llawr ac yn agor balog Dils. Mae 'na sawl ffordd o gael Wil i'w wely.

Pennod 3

Bore dydd Sadwrn, a dwi'n hanner deffro wrth deimlo Anni'n ymbalfalu efo 'mronna' i. Dwi'n troi ati hi, ac mae hi'n dechra sugno'n foddhaus. Ma' Dils yn cysgu llwynog wrth fy ochr i, gan obeithio mai fi godith gynta, fel y ceith o fynd yn ôl i gysgu mewn gwely gwag. Dwi'n gorwedd yn ôl efo gwên. Dim ffiars, mêt. Ond dydi'r wên ddim yn para, gan 'mod i'n cofio'n sydyn bod yr Yng Nghyfraiths yn landio heddiw, ac maen nhw'n betha prydlon ar y diawl hefyd.

"Shit."

"...y?..."

"Faint o'r gloch 'di hi?"

"Mmmm, tynnu am wyth, ia?"

"Damia – trystio Anni i gysgu am ddeuddag awr solat neithiwr o bob noson!"

"Pam?"

"Dy blydi rieni di!"

"Ia, fyddan nhw'm yma eto na fyddan?"

"Awran arall ac mi fyddan nhw'n canu'r gloch 'na fel blydi Jehofas, gei di weld"

"Yn union – mewn awr 'de Ler…"

Mae'r lwmpyn diog yn troi drosodd ac yn mynd â hannar y dwfe efo fo.

"Sgen ti unrhyw syniad faint sgennon ni i neud cyn bo' nhw'n cyrradd?"

Ma' Dils yn nabod y dinc yna yn fy llais i, ac mae o'n troi ata i'n reit handi.

"Ia, ond ma' gennon ni fabi Ler – 'dyn nhw'm yn disgwl tŷ fel palas a sgons cartra sdi!"

"O yndyn ma' nhw! A ddim arna chdi fydd dy fam yn gweld bai os nad ydi petha jyst so chwaith!"

"Iawn… message received loud and clear…"

Ma' Dils yn pisd off rŵan, ac yn codi ar ei ista ar ymyl y gwely.

"Be' tisho fi neud gynta ta?"

"Oes angan i fi ddeud bob tro?"

"Reit, fel'na ma'i dalld hi ia, cariad annwyl?" Dydi coegni ddim yn siwtio Dils.

"Fydda'i lawr yn munud, jyst gwitshiad i hon orffen

bwydo. A Dils?"

"Ia?"

"Cuddia'r corcynnod."

* * *

"Ti'n dal i fwydo dy hun 'lly?"

Edrach fel'na dydi – dwi'm yn datod 'y mlows i roi thril i
chi nacdw? Fyddach chi'n meddwl y bydda mam Dils –
fel nain i Anni fach – yn falch 'mod i'n trio dal ati efo'r
breast is best.

"Yndw."

Ma' tad Dils yn dechra' clirio'i wddw a studio'r llawr fel
tasa'i fywyd o'n dibynnu arno fo. Rŵan, mi allwn i fynd
fyny grisia ar y pwynt yma, ond bygro fo, pam ddylwn i.
Ma' Dils yn sbïo arnai efo golwg 'ti'n gneud ati rŵan yn
dwyt' ar ei wyneb o, ond dwi'n edrach yn ôl arno fo'n
ddiniwad i gyd.

"Ma' hi'n ca'l potal yn y feithrinfa, dydi Ler...?"

Ma' Dils yn debsret i gadw'r ddysgl yn wastad rhyngdda
i a'i fam o, ond beryg bod honno'n job i'r U.N.

"Yndi, pan gymrith hi o. Ond ma' well genni hi'r rial
thing..."

Gafon ni ginio neis iawn – Dils oedd y chef, a'i fam o'n
amlwg yn meddwl bod hynny'n bell tu hwnt i
ddyletswyddau arferol gŵr – ac rŵan mae hi 'di

24

penderfynu ei bod hi'n bryd iddi chwarae rhan y Nain Sy'n Dotio. Mae hi am i fi a Dils fynd i dre, imi gael dipyn bach o rîtel-therapi heb Anni. Dwi'n trio gwrthod yn boleit, ond yn ôl yr olwg ymbilgar sy' ar wyneb Dils, mae'n rhaid bod yr hen bodi-langwej wedi 'mradychu fi eto, ac yn sgrechian yn union be sy' ar fy meddwl i, sef: "PRIN MOD I 'DI GWELD FY MABI ERS WYTHNOS, A 'DACH CHI'N DISGWYL IMI ADAEL HI YMA EFO FFRÎCS FEL CHI!"

Ar ôl gêm fach ping-pong o edrychiadau sarrug rhyngtha i a Dils, dwi'n cytuno i biciad i'r siopa lleol am hannar awr. Dwn 'im be uffar 'nawn ni yno, ond mae'n amlwg nad ydw i'n mynd i gael fy ffor' fy hun ar hon, wedyn cynta'n byd awn ni, cynta'n byd gawn ni ddod nol i achub Anni druan.

"Be' am inni fynd am beint?" medda Dils wrth inni gerdded yn frysiog i lawr y lôn.

"Ia…" medda fi, gan feddwl y bydda hynny'n un ffordd o basio amsar.

"Ymlacia nei di – fyddan nhw'n iawn, sdi."

"Ddim amdanyn nhw dwi'n poeni."

"Ti'n gwbod be dwi'n feddwl."

"Ti'n cofio'r adeg oeddan nhw isho rhoid Anni mewn bath dŵr oer pan oedd genni hi ecsema? A hitha'n fis Tachwedd hefyd!"

"Ia, ond nathon nhw ddim, naddo? Ac eniwe, fel'na oeddan nhw'n gneud petha ers talwm ynde?"

"Oeddan nhw'n gneud lot o betha ers talwm, Dils…"

"Wn i. Ty'd inni ga'l mynd am y beint 'ma ia?"

"Ia, iawn. Hannar un."

Mae Dils 'di sbriwsio drwyddo fo rŵan, a dan ni'n nelu am rhyw byb bach cartrefol yr olwg ar ymyl y lôn. I feddwl mai pnawn Sadwrn ydi hi, ma'r bar yn rhyfeddol o lawn. Ma' 'na ferched ifanc yn chwara pŵl – yn plygu dros y bwrdd a'u tina' bach seis 8 yn yr awyr i bawb eu gweld. Dwi'n cymryd cip arna fi fy hun yn y drych uwchben y bar. Hmmm. Ddylwn i fynd yn blond eto tybed? Na, fydda' gen i byth amsar i fynd i neud 'yn rŵts. Gwallt cwta? Na, fy ngwallt hir i ydi'r unig beth dipyn bach yn glamyrys ynglŷn â fi'r dyddia' yma. Colli hannar stôn arall, stôn hyd yn oed? Ia beryg. Shit 'de. Ma'n gas gen i lwgu. Ma' bronfwydo i fod i helpu efo'r colli pwysa, ond dwi'n siŵr mai con ydi hynny i drio'n perswadio ni i neud yn y lle cynta. Dwi'n sbïo ar Dils yn sbïo draw ar y merched. Druan ohono fo. Doedd o'm 'di meddwl cael ffrymp gecrus yn wraig iddo fo cweit eto dwi'n siŵr.

Ma'r ffwtbol ymlaen yn y gongol, a dwi'n dechra hel meddylia am fel oedd hi 'stalwm – fel byddwn i a Dils yn dod i watshiad y pêl-droed a meddwi'n hwyliog efo'n gilydd. Do'n i'm hyd yn oed yn licio ffwtbol, ond roedd cael bod efo Dils yn ddigon, ac roedd 'na rwbath yn reit secsi am ddyn yn gweiddi fel anifail ar y set deledu. Rhyfadd 'dan ni genod 'de?

"Ti'n rîli casáu bod nôl yn gweithio dwyt?"

Dan ni 'di ista lawr erbyn hyn, ac ma' Dils yn edrach dipyn bach yn amddiffynnol. Sut ma' ateb cwestiwn fel'na heb fod yn onest?

"Nadw, ddim casáu o – na'i arfar, g'naf?"

"Ti'n meddwl y dylwn i fod yn dy gadw di dwyt?"

"Nadw, ti'n gwbod 'mod i'm yn meddwl hynny!"

Do'n i ddim yn meddwl hynny, ma' hynny'n wir, ond rŵan... wel, mi fydda fo reit neis. Ma' Dils 'di ordro peint wrth gwrs, a dwi'n sbïo ar fy watsh yn ddiamynedd. Ydw i'n un o'r merched 'na fydda'n ddigon hapus i blanta a chadw tŷ? Ta ydi gyrfa lewyrchus yn fy ngneud i'n fi? Pas. Dwi'n llowcio'n niod i, ac yn edrach yn ddisgwylgar ar Dils.

"Be' di'r brys?" Mae o'n yfed ei beint fel tasa gennon ni drwy'r dydd.

"Ti'n meddwl ddylwn i ffonio?"

"I be? Ma' Mam 'di edrach ar ôl babi o'r blaen sdi, a dwi 'di troi allan yn ocê yndo?"

Ma' Dils yn gneud gwynab fatha bod 'na rwbath bach yn bod arno fo, a dwi'n chwerthin ac yn cydio yn ei law o. Ella 'mod i'n mynd dipyn bach dros ben llestri. Wedi'r cwbwl, ma' pobol yn ca'l babis bob dydd o'r wythnos ac yn gorfod gneud y gora ohoni yn dydyn? Ac ma' mam Dils yn nain i Anni fach, fydda hyd yn oed hen wrach fatha hi byth yn gallu bod yn gas wrth fabi, yn na fydda?

'Dan ni'n cymryd ein hamser wrth gerdded yn ôl – law yn llaw hefyd tro 'ma, cofiwch. Wrth gyrraedd pen y lôn, dwi'n gallu clwad sŵn babi'n crio. Bechod amdano fo, dwi'n meddwl wrtha' fi fy hun, cyn sylweddoli bod y swn yn dod o'n tŷ ni. Dwi'n rhuthro mewn a Dils wrth fy sawdl i. Ma'n stumog i'n troi, a'n nychymyg i'n rasio.

"Be' sy' 'di digwydd?" Panics go iawn.

"Dim byd, pam?" medda mam Dils wrth sbïo drwy'r *Daily Mail*. Ei chopi hi, os ga'i bwysleisio.

"Lle ma' Anni? Pam bod hi'n crio?"

"Dwi 'di rhoi hi lawr am 'i nap, chdi ddudodd 'i bod hi fel arfer angen un tua'r adeg yma"

Dwi hanner ffordd i fyny'r grisia erbyn hyn.

"Ond nes i'm deuthach chi i adal iddi grio naddo?"

Dwi'n cyrradd y llofft a sbïo draw at y gwely, ond ma' Anni yn y cot, wrth gwrs. Dwi'n ei chodi hi, ac mae ei hwyneb fach yn wlyb gan ddagra. Ma' hi'n crio gymaint nes bod hi'n methu cael ei gwynt yn iawn. Dwi'n ei chysuro hi, yn gosod corcyn yn ei cheg fach ddig, ac yn raddol fach mae'r crio'n tawelu. Drwy ryw ryfedd wyrth dwi'n cofio bod y monitar babi wedi'i droi 'mlaen, ac felly bod pawb lawr grisia' yn clwad bob dim sy'n digwydd yn y llofft. Ond dwi'n rhy flin i'w rhegi nhw hyd yn oed, ac yn croesi at y peiriant a'i ddiffodd o. Mae Anni'n dawel ar fy ysgwydd i rŵan, a dwi'n ista ar ymyl y gwely yn boeth i gyd, a'r dagra'n dechra pigo.

Daw mam Dils i'r llofft, a prin 'mod i'n medru sbïo arni.

"Ers faint oedd hi fel'na?"

"O, dim ond rhyw ugain munud sdi."

"Ugain munud! Adawoch chi iddi grio am ugain munud!"

"Wel do, fel'na maen nhw'n dysgu siŵr iawn…"

"Dysgu be', bod neb am ddod atyn nhw, bod neb yn eu caru nhw?"

"Eleri fach, ma' rhaid i ti g'ledu dipyn bach sdi – dydi o'm yn deg ar Anni os wyt ti'n cario 'mlaen i'w difetha hi fel hyn…"

"Chwe mis oed ydi hi."

"Dwi'n gwbod, ond…"

"Doswch adra."

"…be?"

"Glywoch chi fi."

Pennod 4

"So 'dach chi dal ddim yn siarad ta?"

"Na 'dan."

Ma' Sera a fi'n magu capiwtshinos yn y cantîn. Ma' hi'n fore dydd Llun, ac am unwaith ro'n i reit falch o adal y tŷ i gael dianc oddi wrth yr awyrgylch ddiawledig sydd yno ers imi ddangos y drws i rieni Dils. Ma' hwnnw'n gweithio adra heddiw – gwyn fyd hogia graffics 'de – ca'l ista o gwmpas yn 'u pyjamas yn smalio bod yn greadigol.

"Be' ti'n mynd i 'neud?"

"Dwn im."

"Blo-job?"

"Gymrith fwy 'na hynna tro 'ma, beryg…"

"Duw, fydd o 'di anghofio erbyn heno gei di weld… ma' Dils yn hen soffti lle wt ti'n y cwestiwn, a fedar o'm diodda' ffraeo, ti'n gwbod fel mae o…"

"Cradur…mi brododd o un dda, do…dwi fel tân shafins

30

lle ma' Anni yn y cwestiwn – colli mhen a difaru wedyn..."

"Dyna mae o'n 'i garu amdana chdi siŵr iawn! Fydda Dils ddim yn dy newid di am y byd – pob tro mae o 'di cael peint mae o'n borio ni gyd efo hanesion amdana chdi'n bod yn blydi ffantastic efo rwbath neu'i gilydd... dwi'n 'i roi o'n strêt cofia!"

"Spragar!"

"Eniwe, dyna ddigon o achub cam yr hen wr mwyn – ma' gen i newyddion neith godi dy galon di – ti a fi yn ca'l mynd i ryw sioe ffasiwn bling-bling pnawn ma, ac ma'r ffotograffydd sy'n dod efo ni'n uffar o bish."

"Pwy 'di o 'lly?"

"Aron 'di enw o, boi newydd. Golygus, sensitif, dwylo mawr..."

"Swnio'n ddiddorol!"

"Gawn ni uffar o laff."

"Faint o'r gloch mae o?"

"Pnawn ma."

"Ma' rhaid i fi fod 'nôl erbyn chwech cofia, i godi Anni..."

"Iawn mamsi, nai'n siŵr bo' ni nôl mewn da bryd."

Ma'n od bod 'nôl yn y gwaith. Ma'n fyd mor wahanol i Blaned Anni, lle does neb yn bod 'mond ni'n dwy. Does 'na fawr o neb arall yn swyddfa ni efo plant, chydig iawn o'r merched, p'un bynnag. Ma' gen y golygydd blant wrth gwrs, ond ma' Mrs Golygydd adra efo nhw, felly dydi o byth yn gorfod brysio allan o'r swyddfa ar ganol cyfarfod er mwyn cyrraedd y feithrinfa cyn iddyn nhw ffonio'r Soshal.

Dwi byth yn siŵr faint ddylwn i sôn am Anni yn fan hyn. Ma' ambell un yn holi'n boleit, ond os ydw i'n deud gormod, dwi'n gweld 'u llygaid nhw'n dechra crwydro, a dwi'n sylweddoli mod i wedi cyflawni'r pechod eithaf drwy fod yn bebi-bôr. Gan 'mod i gymaint ar drugaredd y bòs efo petha fatha gadal yn gynnar, cyrradd yn hwyr, amser off os 'di Anni'n sal ac ati, dwi'n teimlo bod rhaid imi ymddiheuro drwy'r amser, a dwi wastad wrthi'n gneud paneidia i bawb fatha rhyw gi llawn llau sy' ofn cael cic gen 'i feistr.

Do'n i rioed wedi sylwi o'r blaen, ond ma'r oria fan hyn yn hollol wallgo. Mi gawn ni adal am chwech, ond os nag ydan ni'n aros tan saith dydan ni ddim yn dangos comitment i'r tîm. Dwi'n teimlo'n hun yn cael fy ymylu fodfedd wrth fodfedd, a dydw i ddim bellach yn rhan o'r in-jôcs, a'r malu cachu swyddfaol arferol. Os ydw i'n gofyn os oes gen unrhywun broblem efo'r ffaith 'mod i'n gadael o'u blaena' nhw, ma' pawb yn deud wrtha'i am beidio bod mor wirion, ond dwi'n nabod Olwen ddigon da i weld yr hen olwg hunan-gyfiawn 'na yn ei llygaid hi. Olwen roddodd y merthyr yn Merthyr Tudful.

Diolch byth am Sera. A dwi'n edrach mlaen at y joban 'ma pnawn 'ma, o leia ga'i ddianc o fam'ma, ac os dwi'n lwcus ella ga'i nôl Anni'n gynnar. Ma' genod y swyddfa yn sbïo drwy'r rhifyn ddiweddara' o gylchgrawn *Heat*, sydd yn dangos llunia o ferched enwog sy'n disgwyl babis. Yn ôl y cylchgrawn, ma' rhai ohonyn nhw'n cario'n dwt ac yn dal i edrach yn ffasiynol, tra bod y lleill wedi gadal i betha lithro.

Olwen sy fwya uchel ei chloch, wrth gwrs: "Sbïa golwg ar honna! Dim rhyfadd bod eu gwŷr nhw'n 'u gadal nhw unwaith ma' nhw'n ca'l babis!"

Ma'r criw yn tawelu wrth sylweddoli 'mod i o fewn clyw. Be na'i, anwybyddu ta be?

"Hei, ymlaciwch – dwi'n meddwl mai Dils darodd rech wrth 'yn ochr i bora ma, ond os nad ydi o yna heno, mi roi wbod i chi, ocê?"

Ma' nhw'n chwerthin yn nyrfys, ac ma' Sera'n taflu winc i 'nghyfeiriad i. Ma'r job yma'n denu geist arwynebol fatha Olwen a'r blydi Leanne yna. Genod sy'n meddwl am ddim byd arall ond eu bag Louis Vuitton nesa. Ond wedyn, ella mai fel'na o'n i yn y dyddiau Cyn Anni.

'Dan ni'n aros ein tro yn y cantîn, ac ma' hyd yn oed yr awr ginio yn gystadleuaeth rhwng y genod i ddewis y pryd mwya' hunan-ddisgybledig. Dwi'n estyn am rôl ham a chaws, tra bod Olwen yn cyfri'i phwyntia' efo'i chyfrifianell WeightWatchers.

"Ti 'di rhoi gorau i'r Atkins ta?"

"Do. Bywyd yn rhy fyr."

"Ddyla ti drio'r busnas points 'ma sdi – mae o reit hawdd unwaith wt ti'n arfar. Dwi 'di colli dros hannar stôn arno fo. Faint sgen ti ar ôl i golli?"

"Duw â ŵyr Olwen fach, dwi 'di hen luchio'r sgêls."

"Wel… dio'm ots nadi, ma' Dils ac Anni yn dy garu di fel wyt ti dydyn?"

Fel ydw i? A be 'di hynny 'lly? Dwi'n trio meddwl am atab fydda'n llorio Olwen, ond fel dwi'n crafu pen ma' 'na uffar o foi del yn cerdded mewn, a fedra'i 'mond dyfalu mai hwn ydi'r ffotograffydd newydd. Ma'r genod i gyd yn sbriwsio fatha peunod, ac ma' Aron yn tynnu coes ambell un ohonyn nhw'n gyfeillgar. Fedrai'm helpu sylwi nad ydi o'n sbïo arna' fi. Fyddai'n meddwl weithia fod gen i datŵ ar fy nhalcen yn darllen 'DWI'N FAM – PAID Â BODDRAN'.

Ma'r miwsig yn pwmpio pan dan ni'n cyrradd y sioe, ac ma' 'na genod gor-serchus yn cerdded rownd efo canapés. Ma' Sera'n perswadio fi i gymryd jinsan fach – rwbath fyddwn i byth yn 'i 'neud yn ystod y dydd fel arfer. Os garia'i mlaen fel hyn fyddai'n agor yr After 8's am hannar 'di saith hefyd.

Hen foi iawn ydi Aron, a dydi o ddim hannar mor arwynebol ag o'n i'n ofni y bydda fo o'i weld o'n fflyrtian efo'r pond-life nôl yn y swyddfa.

"Dwi'n sylwi nad wyt ti 'di deud wrtho fo dy fod ti'n ddynas briod ac yn fam Ler…"

Ma' Sera'n rhy sylwgar i'w lles 'i hun weithia.

"Jyst ddim 'di ca'l cyfla, na'i gyd."

"Ia, ia!"

"Be ti'n awgrymu?"

"Dim!"

"Wel shysh ta – ma' rhaid imi sortio 'mhriodas heno neu fyddai'n fam sengl cyn Dolig, a'r peth ola dwi angan ydi chdi'n llenwi 'mhen i efo rwtsh!"

"Fi?!"

"Ia, rŵan isht, mae o'n dod 'nôl."

Ma'r modelau'n dechra ymlwybro lawr y catwalk, a dwi'n trio cymryd cip sydyn ar Aron i weld os ydi o'n eu ll'gadu nhw ai peidio. Wrthi'n potshian efo'i gamera mae o, cyn cychwyn draw i gymryd ei le ymhlith y ffotograffwyr eraill. Dillad digon boring sydd i'w gweld hyd yma, ond dwi'n gwneud amball i nodyn yn y gobaith y daw ysbrydoliaeth wrth sgwennu'r darn. Ma' Sera'n cyflweld y trefnydd, a dwi'n gallu deud o fan hyn 'i bod hi'n llyfu tin ac yn gobeithio am sampls am ddim. Ma'r dyddia yna wedi hen fynd imi, gan bod sampls yn dod mewn seisus bach yn unig, a wela i ddim byd yn y sioe yma sy'n mynd i fflatro rhywun efo tri bol a thits fel Hattie Jacques.

Mae Sera – diolch mêt – wedi canslo'r tacsi ac wedi trefnu'n bod ni'n cael lifft yn ôl efo Aron. Welish i neb debyg i Sera am sdyrio. Un o'r gas-gyslars mawr 'na sgenno fo, ac ma' 'na rwbath am ddyn mewn car mawr yn does?

"Cofia amdana'i os wyt ti isho llun newydd i dy golofn di, Leri."

"O, be ti'n drio'i ddeud, bo' fi ddim byd tebyg i'r hen un? Dan ni gyd yn heneiddio sdi!"

"Hei! Ddim dyna o'n i'n feddwl o gwbwl! A deud y gwir, dwi'm yn meddwl bod yr un presennol yn gneud cyfiawnder efo chdi o gwbwl. Pwy dynnodd o?"

"Lee."

"Wel dyna fo i ti. Ma' isho labrador a ffon ar y boi yna."

Dwi'n chwerthin fel hogan ysgol.

"A chofia os wyt ti isho rhywun i dynnu llun dy hogan
fach di…"

"Sut wyt ti'n gwbod bod gen i hogan fach?"

"Gweld y llun ar dy ddesg di. Ma' hi'n gojys – fel 'i
mham."

"Yyy…yndi. Anni di'i henw hi."

"Enw del."

Erbyn inni gyrradd 'nôl i'r swyddfa dwi'n i'n boeth i gyd,
ac yn hollol embarasd. Dach chi'n gwbod pan dach chi'n
cael ffeit fewnol efo chi'ch hun, a ma'ch isymwybod a'ch
dychymyg yn gangio fyny arnoch chi i greu ffantasïau
powld dydach chi ddim am eu cydnabod? Erbyn imi
gyrraedd y feithrinfa ro'n i wedi ista trwy chwarter awr o
bremier 'Aron a Leri – y Ffilm' ar sgrin fy nychymyg, ac
o'n i rŵan yn gwbod sut jymp oedd Aron, be oedd o'n
licio'i neud ar benwsnos, a sut fydda fo efo Anni. Dwi'n
teimlo'n ddiawledig, yn hollol shit, achos dwi'n caru Dils,
ac mae o'n dad i Anni, a phan ma' Dils yn codi Anni i'r
awyr mae hi'n chwerthin ac yn gyrglian a dwi'n gwbod
ei bod hi'n gwirioni arno fo. Blydi Sera. Bai hi 'di o i gyd.

Pennod 5

Taswn i'n credu mewn karma, dyna fyddwn i'n ei feio am be digwyddodd ganol nos y noson honno. Roedd Anni'n troi a throsi, a fel o'n i'n trio dyfalu be oedd, dyma hi'n chwydu dros y gwely. Neis. Mi droish i at Dils, a sylweddoli nad oedd o yno, felly dyma godi efo Anni dros fy ysgwydd a chychwyn lawr grisia.

Gwylio'r teledu oedd Dils, a doedd o ddim wedi sylweddoli ein bod ni yno, hyd yn oed pan nes i gamu i'r lownj, a sylweddoli be oedd o'n neud ac ar be oedd o'n sbïo. Nes i sefyll yno'n fud am rai eiliada yn trio penderfynu be i neud, gan bod Dils yn amlwg yn rhy brysur i sylwi ar bresenoldeb cegrwth ei wraig.

Camu'n ddistaw bach yn ôl i fyny'r grisia nes i yn y diwadd. Roedd Anni wedi mynd yn ôl i gysgu erbyn hyn, felly mi es i i ista ar ymyl y gwely, gan osgoi'r chwd, a thrio penderfynu sut o'n i'n teimlo. Sgennai'm problam efo porn cofiwch, a fel pob merch fodern dwi 'di dablo ynddo fo fy hun drwy brynu amball i fideo i Dils pan oeddan ni'n gariadon newydd nwydwyllt, a finna isho dangos pa mor feddwl-agored o'n i. Ond rŵan... heno... dwi ddim yn teimlo cweit mor relacsd am y peth. Ai oherwydd bod Dils wedi'i neud o tu ôl i nghefn i? Dwi'm yn meddwl, gan na fydda rhag-rybudd fel "Jyst piciad lawr grisia' am haliad, ocê cariad?" yn dderbyniol iawn 'chwaith. Ai oherwydd nad oedd o wedi cynnig imi fynd efo fo? Go brin. Pwy sy' isho gwatshiad criw o genod bronna-solat yn taflu'u hunan o gwmpas y lle pan ma' gennoch chi seliwleit, stretsh-marcs ac ôl-dannadd ar eich tethi?

Yn y bôn dwi'n teimlo'n euog 'mod i wedi bod yn dychmygu sut beth fydda caru efo Aron, pan ddylwn i fod yn cadw 'ngŵr yn hapus yn y gwely fel bod dim rhaid iddo fo lithro lawr grisia liw nos i gael 'i gics.

Petha i'w gneud fory: gwnïo labeli enw ar ddillad Anni; stocio'r rhewgell efo bwyd iddi; trio tethi latex ar ei photel hi yn lle'r rhai silicon; bwcio fy hun am smear; cael secs efo Dils.

* * *

"Ti 'di madda imi ta?"

"E?!" Ydi o'n gwbod 'mod i'n gwbod ta be?

"Am adal Anni efo Mam…"

"O! Do siŵr – doeddat ti'm i wbod be oedd hi'n mynd i 'neud nag oeddat ti?"

"Dwi yn meddwl mai ti sy'n iawn, sdi, a ti'n andros o fam dda i Anni, go iawn rŵan."

Ma' Dils yn siarad mor ddidwyll, ac ma'n llygid i'n llenwi efo dagra. Mae Ses yn iawn, hen soffti ydi o, 'ngwas i..

"Ond dwi'm yn llawar o wraig nacdw..."

"Paid â bod yn wirion! Ti'n wraig ffantastic, ac ma'r ffaith dy fod ti'n fam i 'mhlentyn i yn dy wneud di'n fwy sbeshal byth. Dwi'n dy garu di'n ofnadwy sdi..."

Mae o'n croesi ata'i ac yn gafael amdanai'n dynn. Dwi'n teimlo'r dagra'n diferu i lawr ochra 'ngwyneb i. Sut y medrwn i hyd yn oed feddwl am frifo Dils? Fydd rhaid imi ail-neud 'yn masgara rŵan.

Pennod 6

Dwi'n hwyr yn cyrraedd y gwaith wrth gwrs, a dwi'n trio sleifio mewn heb i neb 'y ngweld i.

"Leri?"

Damia. Rob y golygydd.

"Y...ia?"

"Ti'n cofio bo' ni'n mynd i'r wasg yn gynnar heddiw dwyt? Tri chant o eiria ar yr hogan 'na o Neath enillodd y peth canu 'na nos Sadwrn – ti wedi ca'l gafael arni'n do?"

"Y...do."

Dyna ydi job pobol fatha ni ynde? Pedlera hannar-gwirionedda.

"Ac ar ôl i ti orffan hynna, ty'd draw i'n swyddfa i – ma' gen i joban fach sbeshal i chdi sbia."

Hmm. Ro'dd y joban fach sbeshal ddwytha ges i gen Rob yn golygu ffalsio a gneud paneidia i ryw gocia ŵyn o Lundan. Ond cyn mynd i'w weld o ma' rhaid imi ffendio tri chant o eiria ar yr hogan 'na o Gastell Nedd. Croesi bysidd bod hi adra. Dwi'n sbïo trwy'r ffenast am ysbrydoliaeth, ac yn sylwi'i bod hi'n glawio. Damia.

"Dils?" Mae o'n cymryd oes i atab y ffôn.

"yyy....ia?"

Mae o'n blydi stônd eto, dwi'n medru deud ar 'i lais o.

"Fydd 'na ddim o'r blincin gwair 'na ar ôl os wyt ti'n cario mlaen fel hyn! Cofia 'mod i'n barsial i ryw bwff bach nawr ac yn y man, a fedran ni'm fforddio prynu mwy. Ac eniwe – o'n i'n meddwl bod gen ti uffar o broject mawr ar y gweill?"

"Ma' gen i!"

"Wel fydd 'na fawr o siâp arno fo ar y rêt yma 'na fydd?"

"Tisho rwbath, ta ydi hi'n ddwrnod cenedlaethol slagio off Dils?"

"Ma' hi'n glawio."

"O ia, yndi 'fyd."

"Ma'r dillad ar y lein Dils – ei di i'w nôl nhw imi?"

"Dwi 'di gneud yn barod sdi."

Argol fawr, be 'di hyn?

"A lle ma' nhw rŵan? Yn un lwmpyn ar y bwrdd i fi ga'l 'u sortio nhw, ma' siŵr?"

"Ro'i nhw yn y cwpwrdd êrio, fydd hynna'n plesio?"

"Iawn… a tria peidio crychu nhw'n waeth na sy' isho, ia?"

"Ia, iawn…"

"Diolch bêbs, welai di wedyn."

Mi ges i dipyn o lwc efo'r hogan Castell Nedd – roedd hi adra ac mewn hwylia siaradus. Lwc mwnci go iawn, ond fyddwn i byth yn cyfadda hynny chwaith. Reit ta, be ma'r hen Rob Slob isho imi neud tybed?

O weld yr olwg o ddifri ar 'i wynab o, dwi'n dechra poeni 'mod i 'di troi mewn yn hwyr i 'ngwaith unwaith yn ormod, a 'mod i am ga'l 'yng nghardia'.

"Eleri."

Shit.

"Panad?"

"yyy… na, dim diolch…"

Ty'd o'na'r ionc, deud be' sy' ar dy feddwl di er mwyn dyn.

"Er cystal joban wt ti'n gneud inni efo features a ffashiwn, dwi'n teimlo'i bod hi'n hen bryd i chdi ga'l her newydd – rwbath dipyn bach mwy cyffrous…"

Hels bels, ydi o'n dallt faint o her ydi hi i adal tŷ yn bora?

"…wyddost ti'r boi na laddodd ei deulu i gyd dros y penwsos?"

"Yyy… glywish i rwbath…"

"Wel ma' genno fo chwaer sy'n byw yn Coetir – dipyn o ddynas – 'di bod yn agor 'i cheg wrth bawb yn lleol efo pob math o conspurusi thîris. Dwi am i chdi fynd draw i'w gweld hi inni. Chdi di'r boi am y job yma – ma'r tytsh iawn gen ti."

"Ond… be am Zoe?"

"Zoe 'di torri 'i hysgwydd yn sgïo dros y wicend, gloman wirion."

"O, so desbret 'dach chi mewn geiria' erill"

"Leri! Paid â bod yn gymaint o hen sinic! Sbïa ar y peth fel cyfla. Tisho profi bo' chdi dal yn y gêm ar ôl ca'l y babi 'na yn dwyt?"

Gofyn ta deud wyt ti'r pric pwdin uffar.

"Ia, iawn. Pryd 'dach chi isho imi fynd?"

"Wel rŵan 'de Leri fach! Dwisho hwn ar gyfar y sblash bora fory. A dos â Aron efo chdi hefyd."

"I be?"

"Wel i ga'l 'i blydi llun hi 'de! Di'r brêns 'di mynd efo'r brych dŵad?"

Mewn i'r bog reit handi. Damia. Golwg y diawl arna'i.

Diolch byth am consîlar Yves Saint Laurant – mae o'n cuddio pob math o bechoda. Wel mi fydda fo taswn i'n medru'i ffendio fo yn yr ogof-Aladin o fag gwaith sy' gen i. Tampon, corcyn pinc, hen bebi-weips 'di sychu, newid mân na'i byth ei ddefnyddio, hen daleba petrol dwi 'di anghofio clêmio amdanyn nhw... ac iwrica – eli cuddio cylchoedd tywyll dan y ll'gada.

Dwi'n camu allan o'r toileda, ac ar 'y mhen i mewn i Aron, sydd wrthi'n pacio'i git camera.

"Tisho lifft?"

"Na, âi 'yn hun sdi."

"Cym lifft de – i be' awn ni â dau gar?"

"'Cofn imi orfod dŵad o'na o dy flaen di i nôl Anni."

"Wel fyddai'm yn aros yna hebdda chdi na fydda? Ty'd, imi ga'l impresio chdi efo 'nghasgliad anhygoel o CD's Moniars."

"O wel, os felly...!"

"Welai di'n ffrynt."

Ar y ffordd i Coetir fedrai'm peidio â sylwi ar yr holl ferched sy'n gwthio bygis o gwmpas y lle. Cyn cael Anni do'n i byth yn sylwi ar fabis, ond rŵan ma' bobman fel tasa fo'n berwi ohonyn nhw. Yr holl fama 'ma adra efo'u plant. Sut ma' nhw di swingio hynny? Byw ar y wlad? Priodi am gelc yn lle am gariad? Ac ma' coitsh-gefnigen yn ddiawl o beth hefyd – dyna'r ail Buggaboo coch imi'i weld fis yma. Coitsh pwff, medda Dils.

"Ceiniog amdanyn nhw…"

"O…sori. Dwi'm yn llawar o gwmni nachdw? Isho gofyn i un o'r rhain os 'dyn nhw awydd ffeirio lle dwi. Gawn nhw fynd i blagio rhyw fictim druan tra bo' fi'n cael mynd adra i ddandlwn y babi."

"Ia, hen job digon ciami 'di hon yn y bôn ynde?"

"Dwi 'di ca'l getawê hyd yma – lipstics a leiffsteil ydw i fel arfer."

"Yli, awn ni i weld yr hogan 'ma, ac os di hi'n gwrthod, a'n ni nôl. Neu am banad 'de!"

"Ia, ond ti'n gwbod fel ma' Slob – 'trio tair gwaith, ac os 'dyn nhw'n dal i wrthod, trio eto.' Iawn iddo fo dydi, ddim fo sy'n goro mynd yno i gnocio drws. I be dan ni'n gneud job lle dan ni'n gas ein gwynab gen bawb, dŵad?"

Dan ni'n llwyddo i ffendio'r lle'n iawn, ac ma' Aron yn aros yn y car tra dwi'n mynd i gnocio'r drws. Ar adega fel hyn 'swn i'n licio taswn i'n smocio. Ma' 'nghalon i'n curo fel gordd, a dwi'n gweddïo na fydd y ddynas adra. Anlwcus – mi welai gysgod o rwbath yn dŵad am y drws.

Er mawr syndod dwi'n ca'l croeso ganddi. Jean ydi'i henw hi, ac ma' hi'n estyn panad a sgonsan reit neis wrth inni siarad. Hen fusnas hyll ar y diawl fuodd dros y penwsos, ac ma'r ffôn yn canu bob munud efo pobol isho gwbod sut ma' petha. Nid ar 'i brawd hi oedd y bai wrth gwrs. Roedd 'i wraig o 'di bod yn hwrio o gwmpas y lle ers blynyddoedd medda' Jean, ac wedi gyrru hen ddyn 'i gŵr yn wallgo. Felly pam lladd y plant, medda finna, mwy allan o chwilfrydedd morbid na thrwyn am gwôt da, ond dydi Jean ddim yn medru atab hynny beth bynnag, ac allan ma'r albyms llunia'n dŵad, nes 'mod i'n teimlo'n reit siwiseidal fy hun.

Trwy ryfedd wyrth dwi'n llwyddo i'w pherswadio hi i gael tynnu'i llun, ac ma' Aron a fi'n cychwyn o'na'n fuddugoliaethus.

"Diawcs, fydd rhaid i'r hen Bashir 'na watshiad 'i job Leri fach...!"

"Blydi ffliwc os welish i un erioed. Biginars lyc, myn uffar i."

Pennod 7

Dwi'n cyrradd adra ac ma' Dils wrthi'n paratoi bwyd. Does na'm golwg o'r dillad glân.

"Roist ti nhw i êrio 'lly?"

"Y?"

"Y dillad."

"Do, ond ma' 'na amball i beth braidd yn damp o hyd…"

"Fydd gen Anni'm byd i wisgo fory 'lly…"

"Ma' 'na lond drôr o betha gen mam sy' heb 'u twtshiad"

Dwi'n mymblian o dan fy ngwynt bo' ni ddim mor desbret â hynny.

"Be?"

"Dim byd bêbs. Ogla da ar y swpar."

"Ti'n meddwl gymrith Anni beth?"

"Sdwnsha fo ddigon ac ella neith hi."

Efo Anni ar fy nglin, dwi'n cymryd cip drwy'i llyfr bach hi, sy'n deud be gafodd hi i fwyta yn y feithrinfa, sawl cachiad ac ati, ac yno, mewn sgwennu crwn efo cylch dros yr i-dot yn 'Anni', mae'r geiria' 'Anni wedi cropian heddiw.' Dwi'n darllan y geiria' drosodd a throsodd nes bod Anni'n dechra gwingo mewn diflastod. Damia damia damia, a finna'n meddwl 'mod i'n dechra arfar.

"Be' ti'n feddwl o'r saws 'ma Ler... Ler? be sy'?"

Dwi'n rhoi'r llyfr iddo fo a mynd at y ffridj i nôl potal o win. Ma' gen i awydd cael sesh am ryw reswm, a dydi hi ddiawl o bwys os bydd gen i benmaenmawr fory. Gora oll os gai'r sac wir. Mae Anni'n tynnu'n agosach at ei blwydd bob dydd, a finna'n colli ei cherrig milltir i gyd. Be fydd nesa? Ei gair cynta? Ei cham cynta? Galw 'Mam' ar genod y feithrinfa?

Fel dan ni'n ista lawr i ga'l swpar, ma'n ffôn bach i'n canu rhyw dair nodyn – negas testun gan rhywun. Ses sy' 'na wrth gwrs – brenhines y nodyn-bodyn.

Clwad bo T D cal ff* o sgwp heddiw – T & Aron wrth gwrs – uffar o bartneriaeth! Sx

Dwi'n 'i ddileu o reit handi. Blydi Sera – ma'r hogan na'n beryg bywyd. Hen bryd iddi gael rhyw hync ar 'i chefn hi wir fel bod hi'n rhoi'r gora i drio matsh-mêcio pawb arall. Gormod o amsar ar 'i dwylo, dyna di'i phroblam hi.

"Pwy o'dd yno?"

"O, 'mond Ses yn malu cachu."

"Sut ddwrnod ges di ta?"

Dwi'n deud hanas Jean druan, ac ma' Dils i'w weld yn hynod o impresd.

"Ers faint ma' gen ti ffasiwn ddiddordab yn 'y ngwaith i?"

"Wel nid pob dydd ma' rhywun yn ffendio bod o 'di prodi infestigetif riportar naci? Fyddi 'di fatha'r ddynas Kate 'na..."

"Mynd i ganol boms o'dd honno'r lembo – o'n i'n gweld 'yn hun yn fwy o Martin Bashir..."

"Pwy?"

"O... hitia befo. Ti ffansi agor un arall? Be am yr un ddrud 'na ddoth dy fam?"

"Be, ar noson ysgol, Ms Elis?"

"Ia, uffar. Ty'd, na'i bwmpio'r llaeth a'i luchio fo, a geith Anni botal yn bora."

"Mentrus..."

"Uffernol."

Pennod 8

Dydd Llun unwaith eto, ond tro 'ma dyma fi i ngwaith fel y diarhebol oen blwydd. Er, ella y bydda penwythnos cachlyd wedi bod yn fwy defnyddiol imi yn y swyddfa, gan bod hwylia da yn dueddol o roi cadach a Mr Sheen i bob dim, a does na'm angen sgleinio mwy ar 'halo' Aron Edwards, diolch yn fawr. Fo di'r peth cynta dwi'n 'i weld yn y maes parcio gorlawn, ac ew, mae o'n bishyn, damia fo.

"Dwi'n licio dynas sy'n medru parcio…"

"Fel bys i din, mêt," medda fi, gan ddifaru'n syth deud rwbath mor goman.

"Sut benwythnos nath hi?"

"Da… da iawn deud y gwir." Anodd coelio bod antics fi a Dils yn y llofft sbâr ond gwta bedair-awr-ar-hugain yn ôl. Ella bod petha ar 'i fyny o'r diwadd. I'r llofft sbâr fyddan ni'n mynd pan ma' Anni 'di cael ei ffor' 'i hun ac yn cysgu fel seran ganol y fatras fawr.

Dwi'n cyrraedd fy nesg mewn da bryd, ond wrth gwrs dydi Rob y Slob byth o gwmpas pan ma' rhywun yn brydlon. Ma' 'na fynydd o jync-mêl yn gwitshiad amdana'i fel arfar, a chwpan coffi wsnos dwytha'n drewi'n braf yng ngwres y goleuada strip. Dwi'n logio mlaen i'n sustem ebost. Debyg y bydd na gant a mwy o negeseuon sbam yn fy aros i yn fanno hefyd. "You have 107 new messages." Gret. Dwi'n sganio nhw'n frysiog. Special offer hyn llall ac arall... dileu... Do you need a second income... dileu... Hate your nose? Let us fix it... dileu dileu dileu... Cyfarchion o Thailand!... pwy ond fy mam annwyl fyddai'n teipio neges mewn bebi-pinc?

Mae'n fis a mwy ers imi glwad ganddi dwi'n siŵr, ond dyna ni, dydi Mam ddim yn enwog am gadw'i phlant yn y pictiwr. Mae'r ebost yn byrlymu o hanesion cyffrous a disgrifiadau hirwyntog a gor-ramatus o fywyd bob dydd yn y pentra lle ma' hi a Phillipe yn byw, ac ma' jyst darllan y paragraff cynta'n gneud imi fod isho estyn am y bwcad chwd. Peidiwch â 'nghael i'n rong, ma' mam yn uffar o ddynas, ond ma' hi braidd yn... wel, 'excitable' ma' Phillipe yn 'i ddeud, ac mae o'n o agos ati. Phillipe ydi cariad Mam, ac mae o ugain mlynadd yn fengach na hi, sy'n golygu bod o mond pum mlynadd yn hŷn na Dils. Ma' Rhian fy chwaer (ddoi 'nôl at honno) yn deud y dyliwn i fod wedi tshilio allan am y peth erbyn hyn, ond ddim hi o'dd yn goro priodi efo top-tebl fel rwbath allan o sioe Jerry Springer. Ma' Phillipe yn Ffrancwr, ac yn dipyn o bish, chwara teg iddo fo, ond sôn am sdicio allan fel coc sbâr mewn cnebrwn – neu mewn priodas, yn hytrach. Ond ddim Mam a'i hync oedd yr unig drychinab ddigwyddodd ar ddiwrnod mawr Dils a fi. Dydi mam Dils byth 'di madda i fi'n iawn am beidio prynu ffrog hyll o'i siop ecsgliwsif Y Briodferch (ecsgliwsif i bwy? Ffrîcs a chroeswisgwyr?), ond stori arall ydi honno hefyd.

Fyddwn i wrth fy modd tasa mam a fi yn agos fel dwy ffrind, ond ma' hynny dipyn bach yn anodd pan ma' hi'n byw ym mhendraw'r byd. Ma' plant bach fy ffrindia' yn sôn am Nain Bala a Nain Sir Fôn, ond be sgin Anni? Nain Thailand. Dwi'n trio ennyn diddordeb Mam yn ei hwyres drwy ebostio j.pegs lu i'w chyfeiriad hotmail, ond fel ddudodd Mam 'i hun ar ôl gormod o jin adag bedydd Anni – ma' hi 'di treulio blynyddoedd gora 'i hoes yn magu Rhian a fi, a dydi hi ddim am ddechra eto. Sy'n golygu mai'r unig bobol sgennon ni i warchod ydi'r Breid of Draciwla a'i gŵr llwath. Wel, a Rhian de.

Dwi ar fin dechra sgwennu 'nôl at Mam pan mae'r Slob yn landio â'i wynt yn 'i ddwrn.

"Joban arall iti Ler. Fyddi di'n licio hon. Bŵb-jobs 'di mynd yn rong – hogan 'di ffonio yma'n hwyr pnawn dydd Gwener yn cyhuddo rhyw ddoctor o neud llanast – ma'r rhif gen Olwen."

Ia iawn, medda fi. O leia ma' hon isho siarad, felly ma'r darn anodda 'di 'i neud i bob pwrpas. Nôl at yr ebost. Annwyl Mam… dwi'n cymryd llwnc arall o goffi ac yn studio'r walia am ysbrydoliaeth. Annwyl Mam… Y gwir amdani ydi nad oes gen i a Mam fawr yn gyffredin 'di mynd. Hogan Dad o'n i, a Rhian oedd agosa' at Mam. Pan farwodd Dad, ro'n i ar goll, a phan ddaeth Phillipe ar y sîn, mi gollish i'r plot yn lân. Ma' Rhian yn deutha fi i beidio bod mor hen ffasiwn, a be o'n i'n ddisgwl, i Mam wisgo du a ac ista'n tŷ am byth? Hi sy'n iawn debyg, a wyddwn i byth 'mod i mor geidwadol. Ail-gydio yn 'i bywyd nath Mam, a chwara teg iddi hefyd, a hitha 'di nyrsio 'Nhad drwy waeledd hir a hyll. Pwy wêl fai arni am fachu hogyn ifanc a mynd i agor bar yn Thailand?

Pennod 9

Mae Aron a fi yn ista yn stafall ffrynt yr hogan fronglwyfus. Mae'i thŷ hi fel rwbath allan o Footballers Wives – soffas lledar, cwshins llewpart a'r cyfan mor minimalist nes mod i'n cwestiynu sut ma' rhywun yn medru byw efo cyn lleied o betha. Dim llyfra, dim CD's, dim ond amball gylchgrawn harddwch. Dwi'n 'i dilyn hi drwodd i'r gegin wrth iddi wneud panad inni, ac mae'r cyfan fel pin mewn papur. Dwi'n ei llongyfarch hi ar gadw ffasiwn le twt, a dim son am lestri budur na bygar ôl. Mae hi'n chwerthin ac yn agor rhewgell, a'r cyfan sy' 'na ydi haen ar ôl haen o brydau parod Healthy Option.

"Sai'n credu mewn cwcan a glanhau," medda Donna, neu Donna Be Ddigwyddodd i Dy Fronna, fel ma' Aron yn mynnu'i galw hi. "Ma' 'da fi fenyw c'lau, menyw i neud y smwddo, a fi'n byta mas mor aml â phosib…"

Dwi'm yn siŵr be i ddeud i hynny, felly dwi'n troi'r sgwrs at y mater dan sylw, gan holi be ddigwyddodd i'w brestia hi. Maen nhw'n edrach yn ocê i fi – mawr a gwirion, ond ocê fel arall. Mae Donna'n rhoi ei mŷg o di-caff i lawr am funud, ac yn estyn i'w bra gan dynnu allan rwbath tebyg iawn i ddarn o gyw iar amrwd. Dyma be sy'n cadw 'i siâp hi'n hafal ar y funud medda hi, tan bod hi'n medru fforddio cael bŵb-job arall. Un arall? Ia, un arall, ac mae hi'n gobeithio am liposuction hefyd tra bod hi wrthi. Aros compo ma' hi, ond yn y cyfamsar, mae'n rhaid iddi wisgo'r 'chicken fillet' bondigrybwyll. Dwi'n gweld y broblam yn syth, gan bod un o'i bronna hi bellach wedi sigo, tra bod y llall yn dal i sefyll yn annaturiol o uchel ar ei brest.

"Blydi cowboi..." medda Donna gan danio ffag, a dwi'n synhwyro'n bod ni'n mynd i fod yma am sbelan. Ma' Donna isho bod yn enwog, dyna ydi prif fyrdwn ei chwyn, hyd y gwela i, ac mae'n dod yn fwy fwy amlwg pam ei bod hi wedi caniatau inni ddŵad acw i fusnesu – ma' unrhyw gyhoeddusrwydd yn well na dim yng ngolwg Donna, ac mae hi hyd yn oed yn fodlon i Aron dynnu'i llun heb y 'chicken fillet'. Mae Donna wedi ciwio am oria i drio mynd ar sioea fatha Big Brother, ac mae hi'n argyhoeddiedig mai dyfal donc ydi hi os am gael y big-brêc.

Dwi'n cael yr argraff bod Donna isho inni fwrw mlaen yn reit handi i dynnu'r llun, a phan dwi'n holi os ydi bob dim yn iawn, mae hi'n deud ei bod hi ar biga drain braidd am nad ydi hi am i'w mab wyth mlwydd oed ddod adra a'i gweld hi heb y 'fillet'. Er mawr cwilydd imi do'n i ddim wedi cysidro y gallasai dynas fel Donna fod yn fam i neb, ond mae'n amlwg bod ganddi hi a Luke berthynas agos, ac mae'n debyg bod Luke yn brolio bod ei ffrindia ysgol yn meddwl mai Barbie ydi ei fam o.

"Ma' nhw'n joio dod ma' am swper i ga'l gwd lwc arna'i!" medda Donna gan chwerthin yn harti.

Dan ni'n dilyn Donna i fyny'r grisia, ac yno ar hyd y wal uwchben y canllaw, wedi eu gosod yn berffaith, mae 'na gyfres o lunia o Luke o'i fabandod hyd heddiw. Lluniau proffesiynol ydi'r rhain, yn 'soft-focus' ac wedi eu gosod mewn fframiau aur trwchus. Luke yn fabi bach wedi ei wisgo mewn dillad cogydd a 'french stick' smalio yn ei law o; Luke mewn crys rygbi Cymru; Luke mewn dillad morwr; Luke yn ei wisg ysgol.

Dyma lofft Donna, ac er mawr syndod does na fawr ddim yn minimalist am fa'ma. Mae pob silff, bwrdd a chadair yn brolio'r casgliad mwya anhygoel o ddoliau tsheina; doliau tebyg i'r rheiny sy'n cael eu hysbysebu yng nghylch-gronnau'r papurau Sul efo teitlau ych-a-fi-piwc fel 'Mary weeps for her lost kitten' a rhyw falu felly. Dydi Donna ddim yn fy nharo i fel craduras sentimental o gwbwl, ond dyma ydi ei dileit hi mae'n amlwg.

Mae hi'n dechra tynnu amdani'n hunanymwybodol, ac fel mae hi'n dechra ymbalfalu efo'i brasiar mae Aron yn deud reit handi bod isho iddi wisgo hwnnw.

"O gwd… sori, old habits yndyfe!" medda Donna. "Fydde diawl o ots da fi fel arfer, ond ma'r blincin drinieth 'na wedi noco confidence fi'n ofnadw. Wi 'di arfer gweithio'n galed 'da'r glamour – arian teidi i fi a Luke – a wi'n neud yn itha da o feddwl mod i'n twenty-six yn dachre – ma' hynny'n ancient yn y byd glamour! O'n i moyn bod gatre da Luke cyn hynny 'chwel, sai'n cytuno 'da dympo'ch babi mewn daycare…"

Dwi'n teimlo fy hun yn cochi, ond mae Aron yn taro winc cyfeillgar i 'nghyfeiriad i, a dwi'n dwdlo rhywbeth yn fy llyfr nodiadau.

"Bron yn barod…" medda Aron yn potshian efo'r lens.

"Ma' Luke yn gwbod beth fi'n neud ch'mod, ond sai ishe iddo fe actiwli gweld chwaith, a sai moyn iddo fe feddwl fod 'i fam e'n deformed, druan bach."

"Dach chi'n ffrindia mawr ma'n amlwg..."

"O odyn. Ma'n fam i'n becso bod e'n mynd i droi mas yn gay, ond sdim ots 'da fi os bydd e – na'r unig short o ddyn sy ddim yn rîal basdad!" Chwerthiniad harti arall, ac yna winc ar Aron, "Present company excepted, wrth gwrs!"

Dwi'n joio gwylio Aron yn gweithio. Does na'm byd mwy secsi na dyn sy'n dda yn gneud be mae o'n neud. Dio'm gymaint o ots be mae o'n neud, jyst bod o'n ei neud o'n dda. Mae o'n ofalus iawn o Donna, ac yn ffeind efo hi wrth drio cael llun sydd yn darlunio'i deilema, ond a fydd hefyd yn plesio ei hego frau. Dwi'n dod i'w licio fo lot, lot gormod, damia fo.

* * *

Pan dwi'n cyrraedd adra'r noson honno mae Dils yn agor y drws cyn imi gael cyfle i gael fy ngoriad i dwll y clo. Mae Anni'n pwyso tunall yn y blydi sêt car erbyn hyn, ac mae'n ysgwydd i jyst a chyffio wrth imi drio'i hwffio hi drw'r drws ffrynt. Mae Dils yn sefyll yna fel llo heb 'i lyfu.

"Wel sym' nei di!"

Mae o'n dechra gneud rhyw figmas rhyfadd, yn amneidio tu ôl iddo fo a trio meimio rwbath.

"Be' uffar sy'n bod arna chdi?" medda fi, heb fawr o fynadd, ond wrth imi godi Anni o'i sêt a cherdded trwodd i'r gegin dwi'n gallu gweld be sy di styrbio Dils druan. Mae Rhian fy chwaer yn nyrsio panad o goffi ac yn crio'n ddistaw i'w hances. Dwi'n pasio Anni i Dils.

"Rhian! Be sy' 'di digwydd?"

Dwi'n mynd ati ac yn gafael amdani, sydd ond yn gneud iddi grio'n waeth wrth gwrs.

"Damien...nes i ddeud wrtho fo, ac mae o 'di gorffan efo fi...pam fi, Ler?"

O blydi hels bels. Damien di'r boi mwya addawol mae Rhian wedi'i gwrdd ers dechra detio dros y rhyngrwyd. Ddudish i wrthi i beidio gneud, y prŵd bach hen-ffash ag ydw i, gan mod i o'r farn mai ffrics, pyrfs a ramblyrs fydda'n defnyddio'r fath wasanaeth. Ond mi ges i ail, a phan ddangosodd Rhian lun o'r dywededig Damien wrtha'i ryw chwech wythnos yn ôl, ro'n i'n teimlo'n reit genfigennus wir. Ma' petha 'di bod yn mynd yn grêt rhwng y ddau, a Damien 'di bod yn gollwng hints di-ri ei fod o'n siriys amdani a ballu. Wel roedd Rhian di ecseitio'n racs wrth gwrs, ac wedi gwario ffortiwn fach yn Agent Provocateur er mwyn selio'u cariad, ond roedd Rhian hefyd yn gwbod fod 'na botensial i betha fynd o chwith, a mynd o chwith go iawn, tasa hi'n deud...

A dyma hi wedi deud, ac yndyn, ma' petha wedi mynd o chwith. Eto. Dach chi'n gweld, dydi Rhian ddim yn medru cael plant, ac er fod 'na lwythi o ddynion allan yn fan'na fydda wrth 'u boddau yn cael caru'n ddi-gondom a chael gwraig sy' ddim yn plagio i gael plentyn, mae Rhian druan eto i gwrdd a run ohonyn nhw.

Mae Rhian yn crio go iawn rŵan. Y math o grio sy'n

gneud i lais rywun swnio fel boy-soprano ar ôl i'w fôls o ddechra disgyn. Mae'i chorff hi'n mynd i gyd wrth iddi drio rheoli'i dagra, ac ma' Dils di dengid i fyny grisia efo Anni. Welish i rioed mohono fo mor barod i newid ei chlwt hi wir.

"Y cwbwl dwisho ydi be sgen ti a Dils," medda Rhian rhwng chwythu'i thrwyn a sychu'r masgara oddi ar ei bochau.

Ti'n siŵr? medda fi wrtha fi fy hun wrth dollti panad arall i ni'n dwy. Rhian druan. Mi ddylwn i drio gneud mwy efo hi debyg, er mai un digon rhyfadd ydi hi yn y bôn. "Mae teulu'n bwysig, Eleri…" ydi mantra mam Dils, a'i llais fel cyllall fara yn gollwng bricsan o hint am gael gweld ei hwyres yn amlach. Ma' Rhian fel Mary blydi Poppins i gymharu â honno, myn uffar i.

Pennod 10

Er mwyn codi calon Rhian druan, ma' Dils, chwara teg iddo fo, wedi cynnig gwarchod er mwyn i ni'n dwy gael mynd allan am jinsan neu ddwy. Dwi'n rhoi marathon o ffîd i Anni tra bod Rhian yn sbïo trwy 'nillad i am rwbath smart imi'i wisgo. Wrth ddal ffrog 'shift' yn fy erbyn i er mwyn gweld os dio'n gweddu, mae Rhian yn cael cip ar fy nghoesa, sydd heb weld na wacs na rhasal ers wsnosa.

"Sbia dy goesa di!" Ma' hi'n hollol disgysted. Dyma'r hogan sy'n mynd am Frasilian bob deufis, ac yn treulio oria'n cannu'i mwstash.

"Sori Rhi, ond fel'na mae'i pan ti'n cael babi sdi, ma'r biwti tritments yn mynd allan drw'r ffenast..."

"A chei di'm babi arall chwaith efo blewiach fel'na... sôn am job i'r Comisiwn Coedwigaeth..."

"Pwy sy' i ddeud 'mod i isho babi arall, ac eniwe, be ti'n drio'i awgrymu?"

"Wel be ma' Dils yn ei feddwl yn gweld chdi fel'na?"

"Dwn im, pam na ei di i ofyn iddo fo? Ac eniwe, ma'n

59

secs-leiff ni'n ocê diolch yn fawr iti am dy gonsyrn!"

"Ocê, ocê, sdim isho gwylltio nagoes?"

Er mwyn plesio Rhian, ac am fy mod i'n rhannol gytuno efo hi, dwi'n camu i'r gawod efo ledi-shêf.

Dan ni'n gadael Dils yn paratoi potal SMA i Anni, ac erbyn hyn dwi'n reit ecseited am gael noson allan, hyd yn oed os ydw i'n gorfod gwrando ar Rhian yn cwyno drwy'r nos.

Er yr holl ymdrech dwi wedi'i neud efo'n edrychiad, dwi'n teimlo'n rel ffrymp yn ymyl fy chwaer, sydd yn treulio oriau yn y gym ac yn dilyn rhyw ddeiets hollol afresymol, lle mae gofyn hepgor bob dim sy'n gwneud bywyd werth ei fyw, a llyncu degau o ryw dabledi drud o'r siop iechyd. Mam fydda i'n ei beio, gan mai un felly oedd hi wrth inni dyfu fyny, a'r cwpwrdd bwyd yn llawn rhyw jyngl-jiws oedd i fod i'w chadw hi'n iach a thenau. Mae Rhian yn gwario ffortiwn ar feddiginiaethau Tseiniaidd, ac yn mynd i weld rhyw foi sy'n pedlera perslysiau o stafall fach dlodaidd uwchben siop siŵrans yn dre. Ma' hi'n gyrru fi'n boncyrs efo'i holl ffads bwyd a chadw'n heini – cic baffio un wsnos, a pilates yr wsnos wedyn – ond mae'n debyg mai Dils sy'n iawn pan mae o'n deud mai trio llenwi'i bywyd mae hi, gryduras.

Ar ôl boliad o basta digon cyffredin, dyma ni'n mentro i rhyw far trendi a chychwyn ar y coctels. Yn gwbwl nodweddiadol ohonan ni'n dwy, dwi'n dewis un hufennog llawn caloriau, tra bod Rhian yn mynd am yr opsiwn ddi-laeth, ddi-wenith, ddi-glwten, efo jygiad o ddŵr i'w lastwreiddio fo ar y ffordd i lawr. Erbyn yr ail lasiad dwi 'di meddwi braidd, ac yn dechra' joio fy hun go iawn. Chwara teg i Rhian, dydi hi ddim yn swil o ddynion diarth, ac mae hi'n tynnu sgwrs efo hwn a'r llall bob gafael. Dan ni wrthi'n tynnu ar ryw Sais uchel 'i gloch, pan dwi'n clwad bib-bib y ffôn yn fy mag, sy'n dynodi bod rhywun wedi tecstio. Dils, medda fi wrtha fy hun, isho gwbod lle ma'r weips neu ryw wrthrych arall sydd yn garantîd o fod o dan ei drwyn o, ond na, ma'r rhif yn ddiarth, a phan dwi'n agor yr amlen fach dwi'n gorfod darllan y neges dair gwaith cyn sylweddoli gan bwy mae o, a phrin mod i'n 'i ddallt o wedyn.

Aron ydi'r negesydd, ac wrthi imi grafu 'mhen dros gynnwys y negas, daw Rhian draw i fusnesu.

"Ti'm yn ffonio adra eto wyt ti?"

"Nacdw, 'di cael tecst ydw i..."

"Gan bwy?"

"Yyy, rhywun o gwaith..."

"Be' ma' nhw isho?"

"Be 'di MILF, Rhi?"

"MILF? 'Mummy I'd like to fuck' – ti 'rioed 'di clwad hynna o'r blaen? Diniw' wt ti Ler..."

Ma' rhaid bod 'y ngwynab i'n bictiwr, achos ma'r geiniog yn disgyn yn reit handi ac ma' llygid Rhian yn agor fel dwy soser.

"Pwy sy' 'di galw chdi'n MILF?!"

"O, jyst jôc ydi o, pobol gwaith yn chwara'n wirion…"

Ond dwi 'di cochi at fy nghlustia, ac yn ôl neges Aron, mae o yma yn y bar yn rwla, ac wedi ngweld i'n dod i mewn. O rargian, be mae o'n 'i feddwl pan mae o'n 'y ngalw i'n 'MILF'? Nid y cyfarchiad mwya rhamantus yn y byd, ond mae 'nghalon i'n dal i rasio a chledra'n nwylo i'n boeth a chwyslyd. Mi ddylwn i fynd adra rŵan hyn os nad yn gynt, ond dwi'n gwbod mai aros yma wnâi. Ma' Rhian yn dal i sbïo arnai'n chwilfrydig a disgwylgar.

"Ma' 'na griw o gwaith yma'n rwla, ac mae nhw'n tynnu arnai, diawliad."

"Ydyn nhw'n betha del?"

"Wel, ma' un ohonyn nhw'n ocê am wn i…"

* * *

Fel mae'n troi allan, cael peint efo hen ffrind coleg ma' Aron, a tra bod Rhian yn mynd i ben hwnnw ynglŷn â pha arwydd seryddol ydi o a ballu, ma' Aron a finna'n cael rownd o slamars. Rŵan, roedd Tequila'n 'y ngneud i'n sâl pan o'n ddeunaw oed ac wedi arfar yfad, felly mae'i yfad o rŵan a finna'n hen ac yn part-teimar yn gofyn am drwbwl. Dwi'n cyrraedd y toilet yn sigledig, a helo, dyma'r pasta gludiog yn ailymddangos a hannar peint o slafan coctels i'w ganlyn. Ych-a-fi, ond dyna welliant. Dwi'n ista ar gaead y pan am funud bach i ddod ata' fy hun. Mae caead y bin lluchio tampons yn stremps o bowdrach ac ôl bysidd, a dio'm yn cymryd jiniys i ddyfalu be sy' 'di bod yn digwydd yma cyn i fi gyrradd. Dyna'r unig wyneb gwastad sydd ar ôl yn y tŷ bach yma, ac mae'n debyg bod y manijment yn meddwl na fydda hyd yn oed y coke-head mwya desbret isho snortio'i ffics oddi ar gaead bin.

Allan o'r bog, ac at y drych. Mama mia dyn bob lliwia, ma' 'na olwg ddiawledig arna'i. Llygid coch fel cwningan efo micsamatosus, colur bob sut, a phloryn digon mawr i alw 'chi' arno ganol fy ngên. O wel, i be a'i boeni am fod yn anffyddlon i Dils – dydi'r cynnig ddim yn debygol o ddwad heno os byth.

Pan dwi'n cyrraedd yn ôl i'r bar mae Rhian wedi diflannu efo Phil, neu be bynnag oedd 'i enw fo, ond mae Aron wrth y bar yn byta cnau mwnci.

"Hwda, leinith dy stumog di..."

"Dipyn bach yn hwyr i hynny, a phrun bynnag, ti'n gwbod faint o bî-pî gafodd 'i ffendio ar rheina pan nathon nhw dests? Pobol ddim yn golchi'u dwylo ar ôl dod o'r bogs, w damia nhw..."

"Ti'n swnio fel dy blydi chwaer rŵan – 'di hi'n diodda o'r peth golchi dwylo bob munud 'na? OC rwbath neu'i gilydd?"

"Na, jyst nyts ydi hi... nyts! Cnau!" A dyma fi'n dechra chwerthin fel blydi idiot ar ben fy joc sâl fy hun.

"Ty'd, a'n i o'ma..."

"Ia, faint o'r gloch di dŵad?"

"Amsar i dy sobri di a dy ddanfon di adra'n gall."

O, reit, dio'm hyd yn oed yn mynd i nhrio i. Fydda cael y

cyfle i ddeud 'na' reit braf yn bydda?

"Ydw i'n rîli hyll ac afiach, Aron?" Ia, dwi'n gwbod – hollol, hollol embarasing a desbret, ond mae 'na rwbath yng ngwaelod fy mod yn mynnu cael rhoi ffast-fforward ar y prosidings, a chael gwbod os ydi Aron yn 'y ngweld i fel dwi'n ei weld o. Fi oedd yr un oedd wastad yn mynnu mynd i ben ycha'r goeden pan oeddan ni'n fach medda Rhian, a phawb arall yn ddigon hapus i gael mynd hannar ffor'. Gwyllt a gwirion, dyna o'n i, a dyna ydw i hefyd. Ches i fyth wbod ai disgyn oedd 'yn hanes i chwaith... Mae Aron yn sbïo arnai am be sy'n teimlo fel pum munud, ac er gwaetha'r ffaith fod 'na ogla chwd ar 'y ngwynt i, mae o'n gafael yn fy ngwyneb i'n dyner efo'i ddwy law.

"Leri, chdi ydi'r unig beth sy'n fy nghadw i yn y blydi offis ddiflas 'na. Onibai amdana chdi fyswn i 'di hen fynd, dal yr awyren cynta o 'ma. Ti'n gneud i 'nghalon i ganu bob tro dwi'n dy weld di neu'n clwad dy lais di neu jyst yn gweld dy bei-lein di yn y papur. Na, dwyt ti ddim yn hyll nac yn afiach, ac mi fyswn i 'di hen drio dy berswadio di i ddod adra efo fi, onibai mod i'n cachu brics rhag ofn i chdi ddeud na, ocê?"

Anaml iawn fyddai'n brin o eiria, ond dwi'n sbïo fel sgodyn aur arno fo. Ac wedyn 'dan ni'n cusanu. Yn y fan a'r lle, mewn bar llawn pobol, yn hollol ddigwilydd. A dwi'n teimlo'n fyw am y tro cynta ers misoedd.

Mae'n meddwl i'n rasio ar y ffordd 'nôl i dŷ Aron. Dwi mor falch mod i di shafio nghoesa, ond dwi'n cachu brics wrth feddwl am be sy'n mynd i ddigwydd nesa. Ydw i'n mynd i gysgu efo fo? Ydw i isho cysgu efo fo? Os ydw i'n cysgu efo fo fydd o'n meddwl mod i'n hen slagan? Ydi o ots gen i os ydi o'n meddwl mod i'n hen slagan? Be am yr ogla chwd? Be am y stretshmarcs? A be am Dils? Mi ddylwn i stopio'r tacsi yn y fan a'r lle a cherdded adra at fy ngŵr. Mae 'nghalon i'n powndio a 'mhen i'n troi, ac mae'n job deud ai'r slamars ta'r syniad o gael secs efo Aron sy'n rhoi'r bendro fwya. Leri, dos adra. Jyst dos adra. Duda wrth y dyn am dynnu i'r ochor yn fa'ma. Ac eto dwi isho, dwi jyst isho i Aron afael amdanai, dwisho iddo fo fod isho fi fel dwi 'i isho fo. Mae 'mhen i'n troi'n gynt a chynt. Fedra'i neud hyn? Fedra'i neud hyn go iawn? Mae Aron yn gwenu arnai yn yr hanner tywyllwch, ac yn gwasgu fy llaw.

"Good night?" meddai'r dyn tacsi.

"The best..." Medda Aron, a dan ni wedi cyrraedd ei dŷ o.

Pennod 11

Mae hynny o awyr iach dwi'n ei gael wrth gerdded yn simsan o'r car at y drws yn gwneud lles imi, a dwi'n teimlo llai fel hogan ar fin cael 'weiti' a mwy fel merch ar ddêt. Mae Aron yn agor y drws, a dwi'n camu i mewn, gan drio rhoi 'mys ar be di'r ogla.

"Haia pws..." medda Aron, gan fwytho cath fach lwyd sydd wedi rhedag ato fo i hel mwytha.

Hogla Kittekat, siŵr iawn.

"Merchaid trist sy'n methu cael cariad sy bia cathod i fod, ia ddim?"

"Neu ddynion trist sy'n methu cael cariad ynde..."

"Smwdd iawn Aron Edwards, ond ti'm yn conio fi sdi... Fedra ti gael unrhywun tisho, a ti'n gwbod hynny'n iawn!"

"Dwi'n falch o glwad... ty'd yma..."

"Wsti be, dwi jyst â marw isho pî-pî...sori..."

"Top grisia… tisho rwbath bach i yfad?"

"Dwi'n meddwl mod i di cael hen ddigon, a bod yn onast…"

"Panad odd gen i dan sylw…"

"O, ia, te plîs."

"Glengettie'n iawn? Sgin i'm byd mwy ffansi."

"Eidîal."

Argol fawr, sut fath o ddyn sy'n cadw bathrwm fel pin mewn papur? Dwi'n codi amball i botal oddi ar y cabinet, ac yn clwad yr ogla cyfarwydd sydd jyst i'w glwad o fynd yn ddigon agos at yr achos. Gas gen i ogla sent ar ddynion, ond ma' rhyw sebonach bach ysgafn reit neis hefyd. Dwi'n studio fy hun yn y drych. Am lanast. Lle mae rhywun yn dechra d'wch? Ydi hi'n well trio tacluso ngholur ora fedra'i gan drio anwybyddu'r 'eau de chwd' ar fy ngên, ta tynnu'r cwbwl, golchi 'ngwynab yn lân, a gobeithio y bydd Aron yn dal i'n nabod i heb y Clinique? Hmm, dwn im. Braf ar ddynion ddim yn goro poeni am y petha 'ma de. Gneud hannar job 'di gora ella – golchi 'ngwynab, ond gadael y colur llygad. Mae'r sinc yn sgleinio fel swllt. Taswn i ddim yn gwbod gwell mi fyddwn i'n taeru bod Aron yn hoyw. Mae'r stremps chwd wedi mynd, ond…hmm, dwn 'im, ma' na olwg dipyn bach fel goth arnai rŵan. Ond o leia dwi ddim yn drewi, a dydi'n amrannau i ddim wedi diflannu'n llwyr. Reit, pa ddillad isa roish i heno d'wch, rwbath dipyn bach yn secsi? Damia, yr hen betha staes yna sy'n dal bol rhywun i mewn. O wel, o leia maen nhw'n ddu ac yn matshio 'mra, galla hi fod yn waeth. O ia, allan a'r breast-pads, mae 'na bendraw ar be fedar dyn horni hyd yn oed ei anwybyddu.

"Leri! Be ti'n neud i fyny 'na? Ma' na banad i ti fan hyn."

"Dwad! Sori!"

Rho gora i ymddiheuro, wir. Dwi'n golchi 'nannadd efo bys a dipyn bach o bast, ac yn twtio dipyn bach ar fy ngwallt efo crib Aron. Bol i mewn, ac i lawr a fi, gan drio edrych yn ddi-daro wrth gerdded i fewn i'r lownj. Mae o 'di rhoi dipyn bach o fiwsig, dim byd dwi'n nabod, ond mae o'n swnio fel un o'r bandia 'indie' 'na ma' Dils yn 'u casáu. Dwi'm yn meindio nhw fy hun, dipyn bach yn bruddglwyfus, ond yn iawn yn y cefndir.

Dwi'n ista'n hunanymwybodol ac yn sipian 'y mhanad.

"Ti'n teimlo'n well rŵan?"

"Yndw... Sori am neud y ffasiwn sioe yn dre gynna, meddylia mod i 'di chwdu, am beth fform ffôr i neud wir!"

"Allan o bractis wt ti de. Lwcus 'mod i yna i edrych ar d'ôl di – dy chwaer i weld yn cael hwyl efo Phil..."

"Oedd doedd... dio'n foi ocê?"

"Ddim cystal â fi de!"

Chwara teg i Aron, mae o'n giamstar ar ymlacio rhywun. Dwi'n rhoi 'mhanad i ar y llawr, a chyn imi gael cyfla i sythu'n iawn mae Aron yn tynnu fi ato fo. Dan ni'n cusanu cusan hir, braf, a dwi'n teimlo hen gynnwrf diarth yn dechra rhedag trwy 'nghorff i ac i flaen pob bys.

"Ty'd i fyny grisia..." mae'i lais o'n dawel, a'i gyffyrddiadau'n ysgafn, annwyl.

"Aron..."

"Be sy?"

"Dwi 'di cael babi, sdi..."

Ma cadw dipyn bach yn ôl yn bwysig meddan nhw, dydi? Ond na, ddim Leri Elis...

"Ym, ia...a?" Mae o'n sbïo'n wirion arna'i.

"Dwi'm yn edrach fatha Zoe a Leanne a genod ifanc yr offis sdi..."

"Wel diolch byth am hynny!"

"Na, wir rŵan, ma' gen i hen fol yn hongian sdi, a stretshmarcs a ballu, a ma' mrestia fi'n wythienna i gyd ac ella fyddan nhw'n gollwng..."

Argol fawr, ma' isho cwrs arna i ar bryd i gau ceg. Ond chwerthin mae Aron, ac nid yn gas chwaith.

"Leri, nei di roi gora i ladd arna chdi dy hun, plîs?"

Mae'i lofft o'n dwt hefyd, a'r gwely wedi'i neud a bob dim. Ma' hwn yn un o fil, myn uffar i.

"Ty'd yma..."

'Dan ni'n cusanu eto, ac mae Aron yn symud ei ddwylo i fyny fy nghefn, dros fy sgwyddau ac i lawr at fy mronnau. Er mawr syndod dwi'n bwrw'n swildod, ac yn anghofio'n reit handi am y stretshmarcs a'r staes, ac am Dils ac Anni fach, ran hynny...

Rhyw awran yn ddiweddarach, dwi'n gorwedd yng ngolau'r gannwyll yn studio pob modfedd o'r talp golygus sydd bellach yn cysgu'n sownd wrth fy ochr. Ei groen o a thwtsh o liw haul yn perthyn iddo fo – lliw haul rownd y flwyddyn ydi o dwi'n ama, y math hwnnw o liw sy'n melynu yn y gaea ac yn brownio yn yr haf. Dipyn bach o ôl creithia, fel tasa genno fo groen drwg ers talwm, a bafras trwchus, tywyll. Aelia twt... amranna'n cyrlio rhyw fymryn...gwefusau caredig, wedi'u sychu'n grimp, bechod, a dipyn bach o 'ngholur i wedi hel yng nghorneli ei geg, ac yn streipan lwyd i lawr ochr un foch. Gwallt trwchus, sy'n trio cyrlio ond yn methu, gan orwedd bob sut ar ei ben. Trio'i hel o 'nôl efo'i fysidd mae'i berchennog fel arfer, ond anufuddhau mae'r cnwd sgleiniog, gan syrthio mlaen dros ei dalcan. Mae o angan cỳt, deud y gwir, a hynny o gyrls sy' genno fo'n troelli o gwmpas ei glustiau.

Mae o'n cysgu fel babi.

Pennod 12

Pan dwi'n cyrraedd adra yn oria mân y bora, dwi'n mynd yn syth i jecio ar Anni, sydd yn fflatnar yn y cot. Dwi'n ei chyffwrdd hi'n ysgafn, ac yn taenu 'mys dros ei thalcen ac i lawr ei boch. Dwi'n gwrando am ei hanadl, ac yna yn dal fy un inna' wrth i'w dwylo hi sboncio ar y fatres a gwneud dau ddwrn bach, cyn suddo 'nôl ac agor fel dau flodyn unwaith eto. Dwi'n pwyso drosti, ac mae'r ogla cyfarwydd yn llenwi'n ffroena i: powdwr golchi, sebon babi, eli babi, llaeth a dipyn bach o ogla chwd melys lle mae hi wedi poeri 'chydig bach o fwyd yn ôl. Sut ogla sydd arna'i tybed? Diod, smôcs, chwd chwerw, Aron...

Dwi'n troi at Dils, sydd i'w weld fel lwmpyn diymadferth o dan y dwfe. Dils annwyl, Dils fyfyriol, Dils ddigri. Dils druan, dydi o ddim yn haeddu hyn. Dwi'n mynd i 'folchi, ond dydw i ddim yn gwbod lle i ddechra. Bib-bib. Y blydi ffôn bach, damia! Pwy ddiawl sy'n tecstio'r adag yma o'r nos? Dwi'n nabod y rhif, ac yn agor y negas. "Diolch x". Dileu. Dwi'n llenwi'r sinc efo dŵr poeth. Dileu dileu dileu.

Prin 'mod i wedi cau'n llygid − neu felly mae'n teimlo, prun bynnag − a dwi'n clwad sŵn Anni'n crio. Mae 'mhen i'n hollti, a dwi'n ama' mod i'n mynd i chwydu.

71

"Dils…"

Dim atab, ac mae Anni'n dal i grio.

"Dils!"

"Mmmmm"

"Ei di… dwi'n teimlo fel shit…"

Dim atab.

"Dils! Plîs…"

"Blydi hel, Ler, dwi 'di bod efo hi drw'r nos, dy dro di 'di hi rŵan…"

Grêt, be di'r pwynt cynnig gwarchod os oes 'na gyrffiw? Dyna'r tro cynta' imi fod allan yn iawn ers i Anni gael ei geni, a dwi'n dal i orfod codi i neud y ffidan nos, pen mawr neu beidio. Wrth imi godi Anni o'r cot dwi'n sylweddoli mod i'n brifo drostaf. Be fydda'Anni'n ei ddeud tasa hi'n gwbod? Dan ni'n cychwyn i lawr grisia', a dwi'n damio nad ydw i wedi gwisgo jympar. Blydi boilar oriog. Ma'r gegin â'i thraed i fyny wrth gwrs, gan bod Dils yn ffendio fo'n amhosib i edrych ar ol Anni a chyflawni unrhyw beth arall ar yr un pryd. Er, dwi'n gweld bod y laptop wedi ei adael allan, felly mae'n amlwg ei fod o wedi medru syrffio'r we yn iawn. Ond mae o wedi gwneud batsh o boteli ffres, a'u gosod nhw'n rhesiad dwt yn y ffrij.

Dwi'n gosod potal yn y popty-ping am y tri deg eiliad arferol, ac yn codi Anni uwch fy mhen. Mae hi'n chwerthin, a dwi'n sylwi fel taswn i'n gweld am y tro cynta pa mor debyg ydi hi i'w thad. Gwên lydan, a llygid sy'n troi am i lawr pan mae hi'n chwerthin. Leri, Dils ac Anni, dyna sut mae petha i fod. Pam na fedra'i fod yn fodlon efo hynny? Be sydd mor ofnadwy yn fy mywyd i nes bod rhaid imi fynd i dŷ diarth efo dyn dwi prin yn ei nabod a charu efo fo fel taswn i'n rhydd i neud fel licia'i?

Ond y gwir amdani ydi mod i'n teimlo fel taswn i'n nabod Aron erioed. Mae ganddon ni'r dealltwriaeth hamddenol yna sydd fel arfer yn dŵad ar ôl blynyddoedd o adnabyddiaeth. Dwi'n licio fy hun pan dwi efo fo, dwi'n teimlo'n ddiddorol ac yn ffraeth, a phan dwi'n siarad mae Aron yn gwrando'n astud fel taswn i'r ddynas ddifyrra' erioed. Roedd y caru yn hamddenol hefyd, a buan iawn y diflannodd fy nerfau, wrth i Aron ei gwneud hi'n berffaith amlwg nad oedd hannar dwsin o stresh-marcs nac yma nac acw. Yn lle gorfod mynd o 0 i 60 mewn ychydig funudau, a ffitio sesiwn garu i 'ffenest' gyfleus yn ystod napan Anni, ro'n i'n cael y cyfla i ymlacio, a theimlo'r tonnau o fwynhad yn graddol-adeiladu, nes i'r byd tu hwnt i wely Aron doddi i'r pellter.

Ping, ac mae'r botal yn barod. Mae Anni'n gynnas yn ei sach-gysgu, a dwi'n plygu 'nghoesa noeth o dana'i ar y soffa i drio'u cadw nhw'n gynnas. Protest fach, ac mae Anni'n yfad. Mae'n meddwl i'n mynnu troi 'nôl at wely Aron a'i flanced frethyn. Fydd petha byth run fath eto, a dwn im ai difaru ydw i neu jyst cydnabod. Dwi'n gwbod be fydda Dils yn ei ddeud. Deud mai talu 'nôl iddo fo ydw i am y snog 'na gafodd o efo chwaer fach Ses. Wedi yfad gormod oedd o, ac yn ddigon gwirion i gyboli efo'r hogan yng ngwydd Ses ei hun, fel tasa honno'n mynd i beidio deud wrtha' i'n syth y bore wedyn. Hen sefyllfa digon anodd, gan bod Ses a finna'n ffasiwn ffrindia, a Ses a'i chwaer, wel, yn chwiorydd. Doeddan ni'm yn briod bryd hynny, ac ro'n i'n caru Dils ormod i adael i ryw fflingsan feddw ddod rhyngthan ni. Tybad a fydda fo mor ffeind? Er, mae gen i deimlad yn fy nŵr bod 'na botensial mwy 'na fflingsan yn fa'ma...

* * *

Bora Llun, a dwi'n treulio tri chwartar awr yn penderfynu be i wisgo. Tyfa fyny wir Leri fach, ti'n ymddwyn fel rhyw dinejar plorog sy' newydd glwad ogla'i dŵr. Mae 'nghalon i'n curo fel gordd, a dwi'n hollol baranoid y bydd pawb yn gwaith yn medru deud yn syth mod i wedi cysgu efo Aron nos Sadwrn. Ydi o'n amlwg? Ydw i'n ymddwyn yn wahanol? Welodd rhywun ni? Pwy arall oedd yn y bar? Pwy arall oedd yn y stryd tu allan? Mi ges i anghofio am yr helynt dros y penwythnos, gan bod Rhian ar y ffôn yn ddi-baid isho rhoi post-mortem go iawn o'i noson hi efo Phil. Mae'n deud rwbath am Rhian nad ydi hi wedi styried am eiliad y gallwn i fod wedi mynd adra efo Aron. Dydi merched blewog ddim yn haeddu secs-leiff ar Blaned Rhian, ond dyna ni, gora oll os nad ydi hi'n ama wir, gan bod Rhi druan yn arbenigwraig ar ddeud y peth rong ar yr adag rong, a dyna'r peth ola dwisho.

Pan dwi'n gollwng Anni yn y feithrinfa ma' Clare yn sbïo ddwywaith arna i.

"Ti di bod ar ddeiet neu rhywbeth?"

Ma' hi'n 'i olygu o fel compliment wrth gwrs, ond dwi'n ateb yn amddiffynol.

"Nadw, pam? Sgennai'm amsar i betha felly siŵr!"

74

Mae Clare a'r genod erill yn sbïo ar ei gilydd, ac maen nhw'n amlwg yn meddwl mod i 'di colli'r plot yn lân, felly allan â fi drwy'r drws cyn i fi godi mwy o gwilydd arna fi fy hun.

Chwara teg i Ses, mae hi'n gwitshiad amdana'i efo panad o goffi pan dwi'n cyrraedd y swyddfa.

"A sut mae'r 'yummy mummy' bore 'ma?"

"E? Callia."

"Dwi o ddifri – ti'n edrych yn grêt dyddia yma Ler, ma'r busnas babis ma'n dy siwtio di! Hei, sgin ti'm bynsan arall yn dy bopty nagoes?"

"Blydi hels bels Ses, ma' Anni 'di cael 'i ffidan ola gen i bora 'ma, a dwi'n edrych mlaen i gael amball i jinsan cyn ychwanegu at fy nheulu bach perffaith!"

"So ma' hi'n cymryd y botal rŵan 'lly?"

"Wysg 'i thin de. Teimlo'n shit cofia, ond dwi 'di gneud wyth mis."

"Mwy o gyfla i Dils dy helpu di rŵan"

"Ia, o ddiawl…"

"O'n i'n meddwl y bydda Dils yn un da…"

"Mae o'n licio'r syniad o fabis, ond dydi o ddim cystal efo'r realiti. Dandlwn babi am chwartae awr bach, ia. Cwcio bwyd, sdwnshio bwyd, rhewi bwyd, na. Golchi dillad, sychu dillad, cadw dillad, no wê. Gadael i'w wraig hir-ddioddefus gael llonydd am un noson a chysgad fach ar fora Sul? Ti'n blydi jocian."

"W, ma' na drwbwl ym mharadwys…"

"Ia, wel. Fel'na ma'i."

Dwi reit falch o weld y Slob yn dŵad ar wib drwy'r stafell, gan mod i ddim isho dilyn y sgwrs fach yma i'w chanlyniad naturiol, ddim ar hyn o bryd beth bynnag. Ac ma' gen i bentwr o waith i'w neud beth bynnag, a digon o angen canolbwyntio ar rywbeth amgenach na Chwi Wyddoch Pwy. Dwi 'di bod yn gweithio ar stori am fwlio ers cwpwl o wythnosau rŵan, ac yn trio cael mam rhyw hogyn ifanc laddodd ei hun i siarad efo ni. Dydi hi ddim yn cîn i agor ei chalon, a wela i ddim bai arni chwaith, ond mae'r Slob yn pwyso, felly mi fydd rhaid imi ddechra meddwl yn greadigol. Dwi'n gwbod bod lot o'r gohebwyr yn ffidlan dipyn ar 'u costa er mwyn rhoi celc fach yn llaw amball un, er mwyn iro dipyn ar eu tafodau, ond dwi 'di bod yn ddigon uchel fy nghloch yn y gorffennol ynglŷn â hynny, a dydw i ddim isho bod yn ddau-wynebog. Eironig rîli, a finna'n cael dim trafferth chwarae'r ffon ddwy-big yn fy mywyd fel arall.

Ma'r swyddfa'n brysur heddiw, a phob tro ma' rhywun yn cerdded y llwybr rhwng y desgia, dwi'n codi 'ngolygon rhag ofn mai Aron sy' 'na. Amsar mynd, dwi'n meddwl, cyn imi wallgofi. Cyn i Slob gael cyfla i'n haslo fi, dwi 'i nelu hi am dy Diane, mam yr hogyn druan.

Dwi'n licio Diane yn ofnadwy, ac mae gen i bechod y byd amdani. Mae ganddi gefndir cymhleth, felly dydi ei stori hi – 'stori', dwi'n casáu'r gair yna, gair blydi hacs am drallod rhywun arall – ddim yn un syml, daclus sy'n ffitio'n dwt i'r bocs 'GR', sef y llaw-fer amrwd am 'Grieving Relative'. Roedd Diane yn arfer defnyddio smac, a dwi'n ama'i bod wedi treulio cyfnod yn gweithio'r stryd. Mae hi'n nain dwn 'im faint o weithia, ac mae hi hefyd yn fam i ferch fach bedair oed. Mae gen ei phlant dadau gwahanol, ac mae ei chariadon yn mynd a dod fel fyd fynnan nhw, tra bod Diane druan yn trio dal y slac yn dynn. Yng nghanol hyn oll, mi grogodd Andrew ei hun o'r wardrob yn ddeuddeg oed, ac mae Diane yn beio'i hun am hynny.

Ar ôl dallt lle roedd Diane yn byw a be oedd ei hanas hi, roedd hi ac Andrew yn prysur lithro lawr yr agenda newyddion. "Hmm, ydi hi'r image iawn inni dŵad...?" medda Slob. Dim digon parchus a swbwrbaidd mewn geiria eraill.

Mae Diane isho i stori Andrew gael ei hadrodd. Roedd hi wedi deud a deud wrth ei athrawon o fod 'na fwlio difrifol yn digwydd yn yr ysgol, ond fe sgubwyd ei hofnau dan y carped. Mae hi 'di cael llond bol ar gael ei hanwybyddu gan bobol mewn siwtia, ac am unwaith, mae hi am i rywun wrando. Y drafferth ydi bod Diane, fel gymaint o bobol eraill yn ei sefyllfa hi, yn cael trafferth dallt bod rhaid cyhoeddi manylion, lluniau, hanesion, atgofion a niti-griti ych-a-fi er mwyn adrodd stori fel un Andrew mewn papur fel hwn. Yn waeth na hynny, mae Diane yn disgwyl y medra'i neud gwyrthia, y medra'i rwystro hyn rhag digwydd eto, y medra'i ddeud efo'n llaw ar y 'nghalon na fydd hyn yn digwydd i blentyn neb arall os ydi hi'n cydweithredu efo fi ar y stori. Ac yn waeth na hynny hyd yn oed, dwi 'di gadael iddi gredu bod hynny'n wir.

Erbyn hyn ma'r Slob ar dân isho'r stori, ac mae o'n cîn i'w

chael hi mor fuan â sy'n bosib. Dwi'n falch wrth gwrs, ond ma' gen i hen deimlad mai trwyn am dipyn bach o sgandal a voyeuristiaeth sgen Slob, yn hytrach nag unrhyw awydd i geisio cyfiawnder i Andrew. Ond fy stori i ydi hi, a fi fydd yn ei hadrodd hi ynde?

Mae'r awran dwi'n ei threulio efo Diane yn un bleserus fel arfer, er mai dim ond malu cachu am fywyd bob dydd ydan ni mewn gwirionedd. Mae hi'n falch o'r cwmni medda hi, a dwinna'n falch o gael sgwrs a phanad efo ffasiwn gesan. Bu ond y dim imi ddeu'thi am Aron, ond dyma frathu 'nhafod mewn pryd diolch byth. Ar adega fel hyn dwi'n sylweddoli gymaint dwi'n colli Mam. Tasa hi yma, ella fyswn i'n medru trafod yr hen fusnas hyll ma' efo hi, ond wedi deud hynny, ella na cau ceg fydda ora efo hitha hefyd. Mae Mam fel tasa hi di anghofio bod gan fywyd ei broblema. Mae hi'n hapus a dedwydd ei byd rŵan, ac yn rhydd i fynd a dod yn yr haul heb orfod ateb i neb na phoeni am bres. Bob tro fyddai'n hanner cwyno am rwbath mewn ebost, mi fyddai'n cael rhyw druth hipiaidd yn ôl, a rhestr o berlysiau i'w berwi'n banad. Ma' Mam y math o berson fydda'n cynnig bwnshiad o bersli i rywun sy' di mynd dan fws.

Pan dwi'n cyrraedd 'nôl i'r swyddfa mae'n meddwl i'n troi unwaith eto at Aron. Lle mae o heddiw? Pam nad ydi o wedi tecstio? Ydi o'n fy osgoi i? Dwi'n cadw 'nghôt ac yn mynd draw at y peiriant dŵr oer, ac yna, dwi'n ei weld o. Mae o draw wrth y ddesg chwaraeon yn sgwrsio efo hwn a'r llall. Mae'n stumog i'n un cwlwm rŵan, a fedrai'm stopio fy hun rhag studio'i gorff lluniaidd a'r ffordd mae'i ddwylo fo'n symyd wrth iddo bwysleisio rhywbeth yn y sgwrs. Mae o'n wirioneddol gôjys, a dwi'n teimlo sbarcyn o falchder o fod wedi ei fachu o. Dwi'n clwad ei chwerthiniad o o fan hyn – chwerthiniad iach, naturiol, chwerthiniaid sy'n gneud i rywun isho gwenu o glust i glust. Dwi'n sbïo draw eto, gan drio peidio bod yn rhy amlwg fy niddorderb. Mae o'n dangos rwbath ar y cyfrifiadur i'r ddau riportar chwaraeon, ac mae'r tri yn dechra chwerthin unwaith eto. Mae'u lleisia nhw wedi codi erbyn hyn, a dwi'n clwad un yn deud "Sbïa ffycin golwg arni, mae o fel ffwtbol di byrstio myn uffar i..." Mae Aron yn giglo ac yn clicio efo'r llgodan: "Faint o beintia?" mae o'n holi, ac mae'r hogyn arall yn atab "Deg peint cyn 'swn i'n ei thwtshiad hi efo coc benthyg heb sôn am y rîal thing!" Ma'r tri yn chwerthin dros y lle rŵan, ac mae un o'r copy-takers yn eu shyshian yn flin. Nid ar unrhyw born plentynaidd pasio-rownd-y-swyddfa maen nhw'n sbïo, ond ar Donna Be Ddigwyddodd I Dy Fronna. Mae Aron wedi llwytho'r ddisg o'i gamera i'w gyfrifiadur, ac mae o'n dangos y llunia i'r clowniaid 'na yn y gongol er mwyn cael laff iawn ar ben Donna druan. Dwi'n teimlo fy hun yn mynd yn boeth i gyd, ac mi fedrwn leinio Aron am neud peth mor dan din. Dyma'r dyn oedd mor ofalus o Donna pan aethon ni i'w gweld hi. Dwi'n cofio'n glir sut roedd o'n fflyrtian yn gyfeillgar efo hi, a'i gwneud yn gyfforddus yn ein cwmni. Druan ohoni, medda Aron ar ôl inni fynd o'na – hen hogan iawn, i be ma' merched yn gneud y ffasiwn beth iddyn nhw'u hunain dŵad? A dyma fo rŵan, yn ei gneud hi'n gyff gwawd o flaen dau o gocia-ŵyn mwya'r swyddfa.

Mae Aron fel petae o'n teimlo'n llygid i'n llosgi i gefn 'i ben o, ac mae o'n troi ar ganol brawddeg i 'ngweld i'n rhythu arno fo fel dynas wallgo. Dwi'n troi i ffwrdd heb gyfarfod 'i wên o, yn dad-fachu 'nghôt a cherdded allan. Fel mae'r dagrau'n rhuthro i'n llygid i dwi'n teimlo blaen fy nghrys yn gwlychu efo llaeth sydd bellach yn ddi-angen. Damia, damia a damia eto. Dwi'n camu'n frysiog i'r toiledau i chwilio am bapur i'w stwffio i mra. Ma' 'mrestia fi'n dechra brifo rŵan – dydi'r ffatri laeth ddim am gau heb brostest mae'n amlwg.

Pennod 13

Dim ond ar ôl imi gyrraedd y cae swings mae'n meddwl i'n dechra clirio. Mae Anni wedi'i lapio fel nionyn yn erbyn y gwynt, ac mae hi'n gwichian fel mochyn 'di sticio wrth imi 'i gwthio hi ar y siglen babis. Dwi'n gofyn amdani go iawn yn gneud rynar o gwaith fel hyn, ond twll din pawb, dwi angan y brêc.

Dwi 'di dianc i fa'ma cyn heddiw, ac mae o fel rhyw fyd bach ar wahân yn troi'n hamddenol braf tra bod y traffic yn chwyrlio o bobtu. Heddiw, llond lle o famau sy' 'ma, a'r tadau penwsnos yn nôl wrth eu desgiau ma' siŵr, yn syllu'n hiraethus ar y lluniau mewn fffram. Ew, mae'n oer. Dwi'n fferru yn fy siwt waith, a'r gwynt yn chwipio'n masgara'n afonydd duon i lawr fy mochau. Trwsus tracsiwt a chotiau mawr sgen y mamau eraill wrth gwrs, a dwi'n teimlo allan ohoni go iawn, fel rhywun yn tresmasu ar dir diarth. Ydi, mae'r hen fyd yn dal i droi tra 'mod i'n chwysu dan y goleuadau strip ac Anni'n cwffio'i chongol yn y feithrinfa. Dwi 'di dyheu digon am fod adra efo Anni fach, a dyma fi yn y parc efo'r mamau eraill, yn bod yn fam go iawn am bum munud bach.

Chwythiad arall o wynt, a hogla clwt budur yn llond fy ffroenau. Anni Rhiannon Elis! Ych-a-pwmps! Reit, lle ddiawl ma' newid clwt mewn lle fel hyn? Dwi'n llusgo Anni'n anfoddog o'r siglen ac yn cychwyn yn obeithiol am y tai bach cyhoeddus. Hmmm, na. Drewdod pî-pî o'r oes a fu, graffiti, dim clouon ar y drysau na phapur na sêt toilet hyd yn oed, a staens tebyg i waed ar y llawr. Be am beidio. Ocê, al fresco amdani. Dwi'n trio cysgodi tu ol i ryw goeden a stryffaglio efo siwt Anni. Erbyn imi agor y blydi popars felltith ma'r weips 'di chwythu i ffwrdd ac ma' Anni mewn sterics llwyr, heb arfer cael newid ei chlwt mewn corwynt. O ia, ac mae penglinia'n nhrowsus i'n frown (mwd nid cachu ci, gobeithio.) Ydi, mae pob llygad arna i. Hwre. Dwi jyst â chwblhau'r dasg, ac yn sbïo rownd am rwla i roi'r clwt sglyfaethus, gan bod y binia' i gyd wedi'u llosgi'n golsyn, a dwi'n clwad llais lled-gyfarwydd. Diane sy' 'na, mam yr hogyn ga'th ei fwlio.

Mae Diane yn chwerthin dros bobman o glwad am fy helyntion newid clwt, ac yn dŵad 'nôl efo'i hanesion ei hun. Mae'i hogan fenga hi yn yr ysgol erbyn hyn, ond mae hi'n dal i ddod yma o bryd i'w gilydd, gan mai i fa'ma bydda hi'n dod efo Andrew pan oedd hwnnw'n hogyn. Dwi'n sbïo ar Anni, ac yn trio dychmygu sut byddwn i tasa rwbath yn digwydd iddi.

"Sut bo' chi gystal, Diane?"

"Dwi ddim yn gwbod, a deud y gwir…" medda hi, a golwg bell arni. "Pan ma' nhw gen ti, ti'n meddwl y bydde ti'n marw tase rwbeth byth yn digwydd iddyn nhw, a wedyn pan mae 'na rwbeth yn digwydd, ti dal yma, ti ddim yn marw. Ti ddim yn trio lladd dy hun hyd yn oed. A wedyn ti'n meddwl, taswn i yn ei garu fe go iawn, sut bod fi dal yma? Pam bod fi ddim wedi marw? Pam bod fi ddim wedi lladd fy hun? A ti'n teimlo'n euog wedyn bo' ti dal yma. Yr holl bobol sy'n deud "O, 'sen i'n marw 'se rwbath yn digwydd i'n un i…" – cheers love, be ti'n ddeud, bod fi ddim wedi caru Andrew ddigon? Taswn i'n topio fy hun, fydde hynny'n profi faint o'n i'n ei garu e? Yr holl betha sdiwpid ma' pobol yn ddeud… ond wedyn dyna 'sen i'n weud hefyd ma' siŵr, 'se fe heb ddigwydd i fi. Eniwei – be ti'n neud fan hyn yn rhewi pan mae gen ti swyddfa gynnes yn aros amdanat ti? O, paid deud – guilt therapy yn y glaw, ie?"

Mwya sydyn, fel dwi wiriona, dwi'n dechra crio, a dydw i ddim yn gallu stopio. A hynny o flaen dynas sy' 'di colli plentyn, cofiwch. Idiot de? Dydi Diane ddim yn cymryd ati o gwbwl, ac ma' hi jyst yn estyn hancas imi, fel tasa fo'r peth mwya normal yn y byd. Debyg fod o iddi hi. Ma' pob llygad arna'i eto, wrth gwrs. Tro dwytha fyddai'n dod ag Anni i fa'ma myn uffar i.

"Sori, Diane. Dwi'n teimlo'n rêl twat. Sori."

"Hei, dim soris, dim i fi, babes. Be sgen ti, man trouble?"

"O, blydi hels bels… dwi 'di gneud coc-yp Diane, sili rîli… o, dwi'm yn gwbod wir."

"Rywun o gwaith yw e?"

"Ia." Ar hynny mae'n ffôn bach i'n canu bip-bip.

"That'll be him!" medda' Diane, fel rhyw blydi sipsi wrth fy ochr i. Ac ma' hi'n iawn hefyd. *"Be fedrai ddeud – dwi'n dwat deluxe. Lle wyt ti?"* Dwi'n dileu'r neges ac yn cau'r ffôn.

"Ti 'di madde iddo fe'n barod yndo?"

"Naddo!"

"Do!"

"Naddo!"

"Liar."

"Dwi'n ddynas briod, Diane. Ma' genna'i Anni. Dio'm ots os dwi'n madda neu beidio, ma' petha 'di mynd yn rhy bell yn barod."

"Gneud penderfyniade – dyna di'r peth pwysica. Hira'n byd ti'n osgoi nhw, mwya o lanast sy' 'na yn diwedd, creda di fi. 'Diane 4x4' ma'n nhw'n galw fi t'mod, a sda fi ddim Range Rover oes e?"

"E?"

"4x4 – pedwar plentyn gan bedwar tad. Neis yfe?"

Dwi'n goro chwerthin, er mae'n debyg na ddylwn i, ond ma' gen Diane y ffasiwn dro ymadrodd.

"Sori Diane! Ddim chwerthin ar eich pen chi ydw i, wir!"

"Hei, dim soris! Eniwe, ma'n reit funny dydi! Dwi jyst yn deud wrthat ti'n garedig, bydda'n gallach na fues i. Os ydi e'n edrych yn too good to be true, wel mae e probably yn."

Erbyn hyn ma'r glaw yn rhy drwm i ista ar yr hen feincia darniog, a dwi'n ffarwelio efo Diane a'i miglo hi 'nôl am y car. Ar y ffordd yno mae Anni'n gollwng ei chorcyn ar y llawr, a fel arfer does gen i run yn sbâr. Cip sydyn o 'nghwmpas i er mwyn tshecio fod 'na neb yn sbïo, swc fach sydyn iddo fo fy hun, ac yna'i roi o 'nôl i Anni. Grêt, mi fedar hi ychwanegu 'Mami Fochaidd' at 'Mami Stresd' a 'Mami Byth Adra'. Mae'i rhestr Pethau I'w Trafod Efo Shrinc Mewn Ugain Mlynedd yn mynd yn hirach bob dydd myn uffar i.

Dwi adra o flaen Dils, ac ar ôl newid Anni a'i ista hi yng nghanol ei theganau, dwi'n mynd ati i drio cael pryd poeth ar y bwrdd erbyn y daw o adra. Ella nad ydi hynny fawr o gamp i lot o bobol, ond i fi mae o'n anos na newid napi mewn storm. Pam o pam na wnes i ganolbwyntio mwy yn ystod home economics? Cwc drama ydi Dils – digon hapus i fod wrthi efo pestl a mortar a llond gwlad o sbeisus ar nos Sadwrn, ond y prydau boring ganol 'rwsos? No wê. Fel arfar fydda i'n agor pecyn stir-fry neu basta neu rwbath hawdd felly, ond dwi am ymdrechu ymdrech deg heno, a gweld os fydd hynny'n plesio.

Ma' sleisio nionod yn mynd peth ffordd at ganolbwyntio fy meddwl ar bethau di-Aron, ond dwi'n dal i fod wrthi'n cyfansoddi negeseuon tecst ffraeth, pigog ac o mor greulon i'w danfon ato fo. Dydw i'n anfon yr un ohonyn nhw wrth gwrs, ond dwi'n gwbod yn fy nghalon i bod hi'n amser imi gau pen y mwdwl. Ma' 'na ddynion gwaeth na Dils yn yr hen fyd 'ma, ac mae'n hen bryd imi gael dipyn bach o berspectif.

I dorri ar fy synfyfyrion, daw Rhi drwy'r drws efo "IW-HW!" uchel sy'n dychryn Anni ac yn gneud iddi grio.

"Ti 'di clwad am gnocio rioed?"

"Ma' gen i oriad toes?"

Dwi ar fin deud nad dyna ydi'r pwynt, ond i be? Cast a hen geffyll a ballu.

"Be sy'n bod arna chdi? Ti di bod yn crio?"

"Y... naddo, nionod."

"Llwy yn dy geg sy'n dda sdi."

"Mond chdi sa'n gwbod rwbath fela."

"Diolcha bo' fi yma ta!"

Dwi'n rhoi llwy de yn fy ngheg ac yn cario mlaen i dorri. Ma' Anni'n dal i gwyno braidd, ond dydi Rhian ddim yn cymryd yr hint chwaith.

"Dio ots gen ti godi dy nith, Rhi?"

"Neith hi chwydu drostai?"

"Witshia imi sbïo i'm mhelen grisial... sut uffar wn i? Jyst coda hi ia? A ma' na gorcyn yn fan 'na iddi..."

"Www, tempar...ti'n dal i adal iddi gal y dymis 'ma? Dannadd bygsi fydd genni hi sdi, a wedyn blynyddoedd mewn bres, a phawb yn yr ysgol yn gneud hwyl am 'i phen hi!"

"Tisho fi fynd i ben to i chwipio'n hun yn gyhoeddus efo dalan poethion? Ti'n waeth na mam Dils myn diawl i..."

"Jyst deud ydw i!"

"Jyst deud y peth rong, fel arfar..."

Bechod y byd bod Rhian yn methu cael plant, iddi gael gweld nad jyst hwyl a haul a hetia embroiderie anglaise ydi bywyd efo babi.

"Gai neud panad?"

"Os nei di un i finna hefyd."

"Sgen ti Lady Grey?"

"Nagoes."

"O."

"Be ffwc sy'n bod ar Glengettie?"

"Ti wastad yn rhegi fel'na o flaen Anni?"

"Dwi'n stresd. Ac eniwe, di'm yn dallt."

"Eto…"

"Ia, eto. Ac erbyn hynny fyddai di stopio, ocê?"

"Ocê, ocê. Sgin ti laeth sgim?"

"Ti'n gwbod yn iawn mai semi a ffŵl sy'n y tŷ yma. Iesu Grist Rhian – i be ti'n dod yma os ydi bob dim mor anodd i chdi?"

"Gyma'i lasiad o ddŵr ta."

"Iawn. A gyma'i fŷg o Glengettie efo semi ac un siwgwr plîs."

"Ti fel hyn efo Dils hefyd?"

"Yndw. Blewog, boliog a blin – ddats mi."

"O'n i jyst yn mynd i ddeud mor dda wyt ti'n edrach Ler – ti 'di colli pwysa?"

"God nôs. Ond diolch."

"Croeso."

"Reit, gawn ni ddechra eto?"

"Cawn…"

"Sut ma' Phil?

"O, 'dan ni 'di gorffan sdi."

"Be, isho plant oedd o hefyd?"

"Na, jyst gormod o big kid 'i hun rili. Fi orffennodd efo fo."

"O, bechod Rhi…

"Ia, wel, 'na fo 'de. Be oedd enw 'i fêt o?"

"Pa fêt?"

"Ti'n gwbod, y boi 'na oedd efo fo y noson yna'n dre – yr un oeddat ti'n siarad efo fo drw'r nos. Alan ia?"

"Aron."

"Na chdi, fo. Dio'n gweld rhywun ar y funud?"

"Dwn 'im sdi."

"Ciwt, dydi."

"Yndi, ma' siŵr."

"Sut foi 'di o?"

"Argol fawr Rhian, sut dwi fod i wbod?"

"Wel ti'n gweithio efo fo yn dwyt?"

"Ia, ond gwaith 'di hynna'n de!"

"Oeddat ti'n siarad digon efo fo'r noson es i off efo Phil…"

"Be ma' hynna fod i feddwl?"

"Dim byd! Jyst deud dwi…"

"Wel paid!"

"God, sori am 'nadlu dwi'n siŵr!" Rhi druan, mae hi'n troi at Anni, sydd wedi bod yn dilyn y sgwrs fach yma fel tasa hi'n gwylio gêm o denis. "Anni fach, dwi'n gobeithio y byddi di'n gleniach efo dy frawd neu dy chwaer di os gei di un byth…"

"Paid â hyd yn oed meddwl am y peth" medda Dils, sydd newydd gerdded drwy'r drws. "Global population."

"Ti'm o ddifri? Ma' gneud rhywun yn unig blentyn yn crŵl!" medda Rhian a golwg 'di styrbio arni.

"Nachdw siŵr" medda Dils gan afal amdana'i a rhoi slap i 'mhen ôl i. "Fyswn i wrth fy modd efo llond tŷ, ond ma' Leri'n career-woman rŵan yn dwyt, dim amsar i fabis…"

"Be ma' hynna fod i feddwl?"

"Dim byd, jyst deud fel ma' petha dwi…"

Mae Dils yn cydio yn Anni a dwi'n dilyn Rhian am y drws.

"Sori, Rhi…sori am fod yn hen gotsan flin…"

"Iawn. Ella ga'i wbod rywdro be sy'n dy fyta di."

"Nos da, Rhi." Dim heno, a dim byth, gobeithio.

Mae Dils yn hedfan Anni rownd y gegin pan dwi'n cyrraedd 'nôl i'r gegin, a dwi'n clwad ogla'r tshops yn llosgi.

"Pam 'sa chdi di diffodd y blydi gril? Ma' rheina di difetha rŵan yndo…"

"Sori, nes i'm sylwi." Mae o'n dechra gneud llais babi a siarad efo Anni. Ond efo fi mae o'n siarad go iawn wrth gwrs.

"Rhys brysur yn chwara efo'n hogan fach i ti'n gweld… ynde siwgwr candi Dad…dan ni'n dallt yn gilydd dydan blodyn bach…"

"A dan ni ddim, ia?"

"Isho ffeit wyt ti ta be?"

"Chdi ddechreuodd efo'r lol career-woman 'na. Os oes gen ti rwbath i ddeud blydi duda fo'n iawn yn lle sgorio pwyntia o flaen 'yn chwaer i."

"Wel, mae'n wir dydi? Faint o weithia ti di rhoi bath i Anni wsos yma? A fi sy 'di nôl hi o Bobol Bach dair gwaith ar y trot!"

"Wel druan ohono ti Dils bach, fydda rhywun yn meddwl dy fod ti'n dad i'r hogan!"

"Ac i feddwl mai chdi o'dd y ddynas o'dd ddim isho mynd nol i weithio! Barodd hynna'm yn hir naddo? Job cal chdi i ddod adra rŵan dydi!"

Ma' gwynab Dils wedi'i stumio i gyd. Dwi rioed 'di weld o fel'na. Mae o'n edrych fel tasa fo'n mynd i'n hitio fi. Ond mae o wedi 'mrifo fi i'r byw hefyd, a dwi'n teimlo'r dagrau'n llosgi tu cefn i'n llygaid i. Pam yn y byd mod i isho crio bob tro dwi di gwylltio? Dwi'n gafael yn Anni ac yn cerdded at waelod y grisia.

"Lle ti'n mynd a hi rŵan?" ma' gwynab Dils wedi meddalu dipyn bach.

"I fyny grisia i newid 'i chlwt hi, ti'm yn clwad yr ogla?"

"Ty'd â hi i mi, fedra' i neud hynna yn medra…"

"Ma'n iawn, a'i…"

"Ia, dyna chdi eto de – ga'i fod yn dad i Anni pan ma'n siwtio chdi, ia Leri?"

"Am be ti'n falu? Ma' bod yn dad i Anni yn golygu golchi'i photeli hi, smwddio'i dillad hi, codi i roi Calpol iddi am dri o'r gloch y bora, ond jobsus fi di rheina i gyd yn de Dils?"

"Ia, a ti di gneud yn siŵr o hynny yndo…?"

"Be ti'n feddwl? Hei, lle ti'n mynd?"

"Allan." Mae o'n mynd am y drws â'i wynt yn ei ddwrn.

"Dos ta."

Ac mae o'n mynd.

Pennod 14

Dwi'n sefyll fel sowldiwr ar y grisia a 'mhen i'n troi wrth drio treulio be mae' Dils newydd 'i ddeud. Be mae o'n feddwl? Ydw i wastad yn hawlio Anni? Ond blydi hel, mae o'n ddigon tebol i gymryd drosodd os ydi o isho, yn dydi? A be mae o'n feddwl wrth ddeud bo' fi byth adra? Ydi o'n meddwl am eiliad mod i isho bod yn yr hen swyddfa chwyslyd 'na o fora gwyn tan nos? Isho bod adra ydw i, ynde? Ynde?

Damia. I be dwi'n trio taflu llwch i'n llygid 'yn hun d'wch? Lle ydw i isho bod y dyddia yma? Pan dwi yn y gwaith dwi'n edrych mlaen drwy'r dydd i gael mynd i nôl Anni o'r feithrinfa, ond erbyn imi gyrraedd yno a 'ngwynt yn fy nwrn mae hi wedi blino, yn biwis a jyst isho mynd i'w gwely. A phwy wêl fai arni hi mewn gwirionedd – mae hi yno ers ben bora, a dydi hi ddim isho fi yn ffysian drosti. Opsiwn un – dwi'n mynd i ganol bedlam y feithrinfa lle mae pawb ar frys isho mynd adra ac yn fyr eu hamynedd, ymladd efo Anni i'w chael hi i'w sêt car, trio'n aflwyddiannus i'w chadw hi'n effro ar y ffordd adra, ei deffro hi wrth inni gyrraedd y tŷ, ac wedyn trio tawelu'i sgrechian gor-flinedig ddigon i'w pherswadio i gymryd swper a bath. Opsiwn dau – gadael i Dils neud weithia. Ydi hynna'n beth mor ofnadwy?

Ond edrych mlaen i weld Anni ydw i, ac mi fydda Dils isho gwbod os ydw i'n edrych mlaen i'w weld o, a dyna chi un cwestiwn dwi am osgoi ei ateb, unwaith eto.

Dwi'n gorwedd ar y gwely efo Anni, ac yn twtshiad fy nhrwyn yn ei thrwyn fach hi. Mae hi'n gafael yn drwsgwl yn fy ngwyneb ac yn ei dynnu ati fel ei bod yn gallu sugno fy ngên. Ers inni drio rhoi'r gorau i fwydo mae hi wedi dechra gneud hynny, a dwi'n gorfod plastro'r Touche Eclat dros yr ôl coch, sy'n edrych yn union fel clwy caru. Wrth garu efo Aron, mi sylwodd o arno fo, ac roedd o'n chwerthin dros bob man o glywed fy esboniad am y clwtyn coch ar flaen fy ngwyneb. Mi siaradish i fwy am Anni efo Aron nos Sadwrn na dwi di gneud efo Dils mewn mis, ac mae o'n siarad o fath gwahanol. Efo Dils, rhyw hen sgyrsia "Lle ma'r bibs glân?" "Watsha'r banad 'na, fydd Anni 'di dynnu fo drosti…" 'dan ni'n gael, ond efo Aron ro'n i'n cael deud sut dwi'n teimlo am Anni, pa mor lwcus ydw i o fod wedi'i chael hi, a gymaint ma' 'nghalon i'n clymu pan dwi'n meddwl am rwbath yn digwydd iddi. Hen sgwrs sentimental fydda' Dils yn ei alw o, ond roedd Aron yn gadael imi indyljio heb gwyno, chwara teg iddo fo.

Efo Aron, dwi'n medru bod yn fam ac yn weithiwr, yn ferch ac yn fêt, yn secsi ac yn sopi – mae'r Leri Elis aml-bersonoliaeth yn cael dod allan i chwara. Mae'n debyg fod Dils yn iawn – mae'n rhyfeddol 'mod i wedi ail-gydio cystal yn y gwaith, a chael dipyn bach o bromoshyn ar ben bob dim. Feddylish i byth y byddwn i'n gwneud y math yma o newyddiadura, ac roedd Dils yn browd iawn i ddechra. Tydi hi'n od fel mae'r holl betha roedd Dils yn arfer eu licio amdana i bellach yn dod rhyngtha ni. Waeth imi roi Anni yn y gwely ddim, a gwitshiad i Dils ddod adra. Os ddaw o.

Mae'r demtasiwn i fwydo Anni mor gry' nes 'mod i bron a rhoi mewn i'w hymbalfalu, ond dwi'n cadw'n jympyr yn ei le a chynnig bys iddi sugno. Dyna un bennod o 'mywyd i drosodd, am y tro beth bynnag. Pan anwyd Anni fedrwn i ddim meddwl am garu neb na dim arall fel dwi'n ei charu hi, ac er i Dils dynnu 'nghoes i'n syth mai'r cynta o blith nifer fydda Anni, ro'n i'n methu dychmygu cael babi arall. Ond mae Anni'r babi yn prysur ddiflannu, a medra, mi fedra'i ddychmygu bod yn fam i fwy nag un. Mae'n rhaid imi gael sgwrs efo Aron fory. Fedar be ddigwyddodd nos Sadwrn byth ddigwydd eto. Bydd, mi fydd hi'n anodd, yn enwedig a ninnau'n gweithio yn yr un lle, ond mae'n rhaid imi fod yn gry. Er mwyn Anni.

Nid am y tro cynta, dwi'n disgyn i gysgu wrth ochr Anni yn y gwely mawr, ac mae bib-bib y ffôn bach yn fy neffro i. Mae hi wedi troi deg, a does na ddim sôn am Dils. Dwi'n agor y neges destun. *"Ti'n medru siarad?"* Rodd Diane yn iawn, beryg. Dwi wedi hannar-madda i Aron, ond dwi'n benderfynol o ddŵad a'r peth i ben, ac nid dros neges destun mae deud y cas-wir wrtho fo. *"Welai di yn y gwaith fory"*. Daw'r ateb yn ôl fel mellitan o din milgi: *"Nos da i'r unig ddwy ferch yn fy mywyd A xx"* Oes rhaid iddo fo wneud petha'n anos na ma'n nhw'n barod, d'wch?

* * *

Dwi'n cyrraedd y swyddfa a 'mhen yn fy mhlu fore drannoeth. Ella mai mynd at y Slob fydda ora, a gofyn i gael mynd yn rhan amser. Ella mai Dils sy'n iawn, a bod gwaith yn mynd dechra yn ormod imi. Dwi'n cyrraedd fy nesg ar yr un pryd a'r hogyn post, ac mae ganddo fo barsel brown difyr yr olwg imi. Daw Ses draw efo coffi.

"Long time no text, lle ti di bod dŵad?"

"O, paid â sôn. Jyst bywyd yn dod yn ffor' bob dim sdi."

"Ti ar downar?"

"Braidd."

"Be sgen ti fanna? Feibretyr newydd?"

"If only, Ses bach! Rhywun 'di adal o imi yn y dderbynfa bora ma' medda Pete Post…"

"Www, hand-delivered…ecseiting!"

Dwi'n agor y paced, ac ma' 'na lyfr bach ynddo fo, a post-it melyn yn sownd wrtho fo. *Thanks am y chat yn y parc, dyma diary Andrew, ond just i ti ddarllen, neb arall, ok? Edrych ar ôl o. Diane x*"

Blydi hel. Dwi'n dechra troi'r tudalennau, ac mae 'na lith ar ôl llith o sgwennu taclus a mân, a dwdls du cywrain at ymyl bob tudalen.

"Be' dio?"

"Dyddiadur yr hogyn bach 'na laddodd ei hun…"

"Waw… siŵr bod o'n troi yn 'i fedd…"

"Hmmm. Bydd rhaid i fi edrych ar ei ôl o myn uffar i… Chwara teg iddi ynde, fydd hwn yn andros o help wrth sgwennu'r erthygl."

"Serialisation!"

"Na, jyst i fi ddarllan dio, no we 'sa hi isho cyhoeddi. Diolch am y banad."

"Cinio?"

"Ia. Dwi awydd sdodj."

* * *

Erbyn amser cinio dwi di blino'n racs, a taswn i'n rhoi 'mhen ar y ddesg mi fyddwn i'n cysgu fel babi. Trip arall i'r bogs i luchio dŵr ar 'y ngwyneb, tra bod Ses yn cael pî-pî.

"Dwi'n rhy ifanc i gael Botox dŵad?" Mae'r Leri sy'n edrych 'nôl arna'i yn y drych yn crychu'i thalcen yn flin.

"Shit…"

"Be sy?"

"Sgin ti dampon i sbarin, Ler?"

"Wel nagoes siŵr, dwi'm yn cal piriyds nacdw?"

"O ia… Damia, am lanast. Di'r peiriant dal yn ffwcd?"

"Iyp."

"Pryd ddaw dy biriyds di 'nôl ta? Ti di gorffan bwydo rŵan yndo?"

"Ia, newydd neud, de"

"Ia, mai'n fuan eto… babi arall wedyn ia, Ler?"

"Nei di roi'r gora iddi? Be sy'n gneud i chdi feddwl bod ni'n mynd i gael mwy o blant eniwe?"

"Dyna ma' pobol yn 'i neud ynde?"

"Ia, wel ddim Dils a fi, ocê?"

"Cinio?"

"Ia." Nid bod gen i lawer o archwaeth.

Ond cyn inni gyrraedd y cantîn, dwi'n gweld Aron yn loetran o gwmpas fy nesg i.

"Ddalia'i di fyny, Ses…" Mae nghalon i'n dechra curo'n syth, a dwi'n teimlo fy hun yn stiffio i gyd.

Ma' Ses yn sbïo ar Aron ac yna arna' i, a dydi Ses ddim yn wirion.

"Ia, iawn…"

"Ydw i'n cael maddeuant ta?" medda Aron, gan fyseddu'r llun o Anni sydd gen i ar fy nesg.

"Sut fedrat ti, Aron, dangos ei llunia hi fela?"

"Nes i ddim – un o'r hogia ddoth draw tra o'n i'n sbïo drwyddyn nhw a dechra holi. Doedd na'm byd fedrwn i neud."

"Ond welish i chdi'n chwerthin efo'r ionc 'na o sports – ma' hynna'n rili shabi, Aron…"

"Yli, mi fuish i'n dwat, a dwi'n sori. Nes i ddilyn y crowd, achos mod i'n hogynaidd ac yn wirion ac achos mod i angan dynas gall, annibynnol ei barn i gael trefn arnai. Plîs rho un cyfle arall imi. Plîs."

"Aron... dwi'n briod..."

"Ty'd allan am funud, fedran ni'm siarad fan hyn..."

"Ond dwi'n cwarfod Ses yn y cantîn..."

"Dau funud..."

Dwi'n ei ddilyn o allan a 'nghalon i'n powndio. Ma' rhaid imi roi'r gora iddo fo. Ma' rhaid imi roi'r gora iddo fo. Ma' rhaid imi roi'r gora iddo fo. Dan ni'n cyrradd y lle parcio.

"Yli Ler, ma' gen i feddwl y byd ohonat ti sdi, mwy na hynny ella, dwn im. Dwi 'di gwirioni 'mhen efo ti sdi, a dwi'n gwbod bod hynna'n swnio'n nyts a ninna mond newydd ddod i nabod ein gilydd a hallu, ond dyna sut dwi'n teimlo, a dwi'n deud wrtha chdi rŵan achos wedyn mi fyddi di'n gwbod, ac o leia wedyn, wel, o leia wedyn dwi 'di deud a ti'n gwbod... sori, dwi'n swnio fatha ffycin idiot yn dydw..."

Dwi'n sefyll yn sbïo arno fo fatha llo. Mae Aron yn troi oddiwrtha' i ac yn rhedeg ei fysedd drwy'i wallt gan sbïo fyny i'r awyr fel babi di gollwng 'i falwn.

Dwi'n sbïo ar fy nhraed, a dim syniad be i ddeud.

"Ti'n gwbod be," medda fo wedyn, "dwi'n teimlo fatha siwio Top of the Pops am chwara'r holl ganeuon caru yna sy'n son am pa mor ffantastic ydi o pan ti'n deud wrth rhywun bo chdi'n 'u caru nhw. Chlywish rioed gan 'catchy' am sut i gopio pan ma'r person yna'n sbïo arna chdi fatha rwbath di'i ollwng, nes di?"

Mwya sydyn dwi'n teimlo 'mod i'n mynd i ddisgyn i'r llawr fel rhyw blydi drama-cwîn, felly dwi'n pwyso ar fonet car Aron a thrio rheoli'r bendro.

"Ti'n iawn, Ler?"

"Yndw…"

"Ti'n siŵr?"

"Be am Dils?"

"Gad o."

"Jyst fela?"

"Ia. Ma'n digwydd bob dydd."

"Be am Anni?"

"Ty'd â hi efo chdi…"

"Wel fyddwn i byth yn ei gadal hi, na fyddwn i?"

"Dyna dwi'n ddeud – dowch acw, y ddwy ohonoch chi. Ma' gen i dŷ braf, mymryn o ardd i'r fechan, fedran ni fod yn grêt efo'n gilydd – y tri ohonan ni."

Mae 'mhen i'n teimlo'n boeth i gyd, a'r sgwrs yn mynd yn fwy a mwy swreal.

"Prin bod chdi'n nabod hi, unwaith ti 'di gweld hi

rioed… a trw ffenast dy gar oedd hynny!"

"Dwi di clwad chdi'n sôn amdani ddigon, do?"

"Mwydro dy ben di, ia? Bôrio chdi…"

"Naci, ddim dyna o'n i'n feddwl. Dwi'n teimlo fel taswn i'n 'i nabod hi'n barod, ac os mai dyna sy'n dy boeni di, matar bach ydi imi dreulio mwy o amser efo hi."

"Jyst fela?"

"Ler – ti sydd i ddeud. Dy benderfyniad di fydda fo. Neb arall."

Dwi'n chwys i gyd, ac mae'r adlewyrchiad ohona i ym monat y car yn gwneud imi edrych fel taswn i o flaen un o'r drycha gwirion 'na sy mewn ffair – yn drwyn i gyd a phen fel sgonsan.

"Gafon ni secs, Aron. Jyst secs. Unwaith. Dyna'r oll oedd o."

"Deud ti…"

"Ti'n gofyn imi adael Dils ar ôl wan-neit-stand?

"Dwi'm yn gofyn iti neud dim. Dy benderfyniad di fydda fo."

Mae o'n cerdded i ffwrdd gan janglo goriada'r car yn ei bocad.

"Lle ti'n mynd?"

"Well iti fynd at Ses, fydd hi'n methu dalld lle wyt ti…"

Pennod 15

Dwi'n cyrraedd y cantîn fel dynas mewn breuddwyd. Allai ddim coelio fod y sgwrs yna newydd ddigwydd. Un funud dwi'n daer 'mod i am wneud yn iawn am bob dim efo Dils, a'r funud nesa dwi'n gadael i syniada hollol wallgo dreiddio i'n meddwl i fel haul drwy wrych drwchus.

"Dwi'n gobeithio bo' chdi'm yn un o'r merchaid yna sy'n anghofio am 'u ffrindia unwaith ma' nhw di ca'l cariad newydd..." Mae tôn Ses yn bigog, ac ma' 'na blatiad oer o tships a physgod yn gwitshiad amdana i.

"Ses – ti'n siarad fel tasan ni yn ffwcin ysgol – dwi'n trio sortio 'mhen i allan ffor ffycs sêcs, be sy'n bod arna chdi dŵad?"

"Duw, be am iti ddeud be sy' ar dy feddwl di go iawn, ia Ler?"

Ses druan, ac ma' hi mond yn deud calon y gwir. Anghofio'r petha pwysig ydi'n nhalent fawr i, a finna'n wraig ac yn fam. Dydi cael secs ar y slei efo cyd-weithiwr ddim yn rhan o swydd-ddisgrifiad Bod Yn Fam, nacdi.

"Sori.... shit, sori, Ses..."

"Be o'n i'n drio'i neud oedd gadal iti wbod bo' chdi'n medru deud wrtha'i, ocê? Dwi'm isho busnesu, dwi'm isho gosipio, a dwi'm llawar o isho gweld priodas yn chwalu a hen foi iawn fel Dils yn mynd yn dad pum munud, ond mi fedri di ddeud wrtha' i, a ddudai'm gair wrth neb. Your call. Ac eniwe, dwi'n teimlo dipyn bach yn euog – mi wnes dynnu arnach chi'n racs ar y dechra yndo…"

"Ia, ond nes di'm fforshio fi mewn i'r gwely efo fo chwaith naddo…"

"Shit, Ler…"

"Ia, cachfa go iawn."

"Ti'n 'i garu fo?"

"Dwi'n caru Anni."

"Wn i, ond wyt ti'n caru Aron?"

"Ask the audience…"

"Dils, ta?"

"….Fifty/Fifty…" medda fi, gan wbod mod i'n mynd ar nerfa Ses.

"Fedri di'm bod in denial am byth sdi…"

"Tisho bet?"

Daw un o genod y cantîn i glirio'n platia ni.

"Finished, love?"

"Probably…"

* * *

Dydi dyddiadur hogyn sy' 'di lladd 'i hun ddim yn ddarllan joli iawn cyn cysgu, ond o ddechra mynd trwyddo fo, fedrai'm yn fy myw ei roi o lawr. Mae'i ddisgrifiadau fo o'r bwlio yn fanwl a brawychus, a fedra i ond dychmygu sut ma' Diane druan yn teimlo o'u darllan nhw. Mae 'na elfen o fasocistiaeth yn y darllen hefyd, gan bod fy meddwl yn chwarae tricia arna i wrth imi droi'r tudalennau, a phob tro daw disgrifiad o weithred gïaidd tu ôl i'r toiledau neu yn y parc ar ôl ysgol, dwi'n gweld Anni yno, yn 'sglyfaeth i'r ymosodwyr ac yn crio am ei mam.

Mae hi'n wythnos a mwy ers sgwrs Aron a finna, a gan ei fod o wedi bod yn fy osgoi i fel y pla, mae osgoi'r broblem wedi bod yn hawdd i minna. Mae hi'n ryfel oer acw rhyngtha i a Dils, a phob peth bychan, dibwys mae o'n ei wneud neu'n ei ddeud fel gwinadd dros fwrdd du imi. Ei gymharu o efo Aron ydw i wrth gwrs, er nad ydi hynny'n deg o gwbwl, gan fod un yn ddyn egsotig o ddiarth dwi wedi caru efo fo unwaith, a'r llall yn rhywun sy'n gadael drws y bathrwm ar agor wrth gael cachiad ar fora Sul.

Mae dyddiadur Andrew yn fodd o gymryd fy meddwl oddi ar y poitsh diawledig dwi wedi'i greu, gan adael imi ymgolli dros dro ym mhoitsh rhywun arall. Mi ddalish i'r Slob yn ei ddarllen y diwrnod o'r blaen ar ôl imi fod yn ddigon gwirion i'w adal ar fy nesg yng ngwydd pawb, a rŵan mae o isho cyhoeddi darnau ohono i gyd-fynd efo'r ymgyrch gwrth-fwlio mae'r papur yn ei rhedeg fis nesa. Ddudish i'n blaen na fydda Diane byth yn caniatàu, ond mae llygid Slob yn niwlio efo diffyg diddordeb tan bod o'n clwad y geiria "Ia, iawn" – ac yn amlach na pheidio mi fydd o'n eu cael nhw hefyd.

Daw Dils i'r gwely'n hwyr, a ffendio mod i'n dal i ddarllen y dyddiadur.

"Watsha gael hunlla…"

"Mmmm."

"Be wnaet ti tasa Anni'n cael hasls fela?"

"Dwn im… mynd i godi twrw i'r ysgol yn ddistaw bach ella?"

"Na, gneud mwy o lanast fydda ti. Dad di'r boi efo petha fela sdi – 'swn i'n cal gair bach yng nghlust hwn a'r llall, taflu mhwysa o gwmpas y lle dipyn bach… bechod bod na'm dyn ar y scene i'r Andrew bach na de…"

"Ma' gen Diane gariad sdi."

"Ia, 'di cariad ddim run fath nadi, dy dad wt tisho de, mi wt ti o bawb yn gwbod hynny dwyt Ler…"

Mae Dils yn tynnu'i sana'n ofalus, yn ei hogleuo nhw fesul un, ac yna'n eu gosod nhw'n dalus ar ymyl y gadair yn barod at y bora.

"Marw nath Dad de, ac eniwe, o'n i 'di tyfu fyny erbyn hynny…"

"Ffifftîn oedda chdi! A does 'na fawr o Gymraeg rhyngtha ti a Phillipe nagoes?"

"Digon o Ffrangeg…"

"Ha ha… eniwe, rho gora i'r blydi llyfr na rŵan, cyn imi gael hunlla fy hun…"

"Munud, ia…"

"O ty'd Ler, dwi'm 'di cal gafal yn yng ngwraig yn iawn ers wsnosa…"

"Pythefnos!"

"Ocê, pythefnos…"

Mae Dils yn ymestyn fel cath yn y gwely.

"Ti'n cofio fel oeddan ni Ler… dŵad adra amsar cinio i gael jymp… yn y carparc yn Tescos… bobman… ti'n cofio'r copsan na gafon ni tu allan i'r hen dy 'na, a ninna'n meddwl 'i fod o'n wag?"

"Cwilydd de…"

"Dwn 'im pwy o'dd fwya embarasd, chdi ta'r plîsmon!"

"Hmm…"

"Sgwn i os mai yn fan'no nathon ni Anni!"

"Paid wir…"

"Wyddost ti byth!"

"Hmmm…"

Sgennai'm mynadd mynd i hel atgofion heno, ac o'r diwadd ma' Dils yn rhoi'r gora iddi.

"Ty'd yma ta..."

Dwi'n rhoi'r llyfr i lawr ac yn mynd i gesail Dils, a helyntion y dyddiadur yn dal i droi yn fy mhen. Mae o'n gafael yndda'i dynn a dwi'n cau'n llygid. Buan iawn y daw'r bora, a blydi Slob ar fy nghes i eto am y stori. Be ddiawl dduda'i wrtho fo? Mae dwylo Dils yn dechra crwydro dros 'y mronna i, a lawr dros fy mol. Dwi'n agor fy llygid.

"Rilacsia..."

"Dils... dwi di blino sdi..."

"Gysgi di'n well wedyn..."

"Dils..."

"Blydi hel Ler, ti di bod yn darllan ers oria, fedra ti ddim bod mor flinedig â hynny!"

"Pam na fedran ni ddim jyst cal cwtsh weithia? Pam bod pob hyg fach yn goro troi'n secs?"

"O, wel, mae'n ddrwg iawn gen i am fod isho caru efo chdi Ler, am ffansio ngwraig yn hun! Ella bydda'n well gen ti taswn i'n mynd ar gefn rhywun arall a gadal llonydd i chdi ddarllan dy Adrian blydi Mole?"

"Yng ngwaith di o! Tisho fi gael sac, wyt?"

Dwi'n ista fyny ac yn tynnu'r dŵfe at fy sgwydda.

"Gwaith gwaith gwaith, na'r cwbwl sy' ar dy feddwl di 'di mynd! O leia tasat ti'n cael y sac fydda gen i obaith rhannu mwy na M&S meal for two efo ti!"

"Ia, ac efo be sa'n ni'n talu'r morgej? Blydi pres monopoli?"

"O," medda Dils, gan symud at ymyl y gwely. "O'n i'n wyndro pryd fydda ti'n edliw hynny imi – chdi ddudodd wrtha'i am drio gneud go ohoni efo'r graffics… chdi ddudodd bod gen i dalent, ac y dylwn i fynd amdani, ond rŵan tisho dyn fedar dy gadw di yn dwyt? Dyna sy, ia?"

"Naci Dils, dwisho dyn fedar 'y nghadw i'n hapus!"

Prin bod y geiria wedi'u ffurfio yn 'y ngheg i a dwi 'di difaru'u deud nhw, ond mae'n rhy hwyr, ac mae Dils wedi'i chychwyn hi am y llofft sbâr. Mae'r holl weiddi wedi deffro Anni, a dwi'n mynd at y cot i'w chodi hi. Fydd 'na fawr o gysgu yma heno.

Pennod 16

Job gachu 'di gadal Anni yn Bobol Bach bora 'ma. Ma' hi'n cydio amdana'i fel mwnci'n swingio trwy'r coed efo'i fam, a does 'na no ŵe 'i bod hi'n mynd i ollwng 'i gafal. Fel idiot dwi'n dechra crio, a finna heb dynnu stynt fel'na ers i Anni gychwyn yma, ond bora ma' dwi fel cadach, a sterics Anni ydi'r peth ola dwisho. Ma'r genod yn glên iawn, chwara teg, a Clare yn gofyn yn ddistaw bach os ydi bob dim yn iawn. Yndi, bob dim yn champion diolch, medda fi heb gonfinsio neb.

Fedrai'm gwynebu Slob bora ma, ac mae 'na hen bellter annifyr wedi datblygu rhyngtha'i a Ses yn ddiweddar, felly dyma gychwyn am dŷ Diane. Mae'n hen bryd imi ddiolch iddi'n iawn am roi menthyg y dyddiadur imi, a dwi'n stopio yn Spar i brynu potal win neis iddi. Ciwio ydw i pan mae'r ffôn yn canu, a dwi'n gwbod cyn sbïo ar y rhif mai Aron sy' 'na.

"Haia."

"Helo, dyn diarth…"

"Be ti'n neud?"

"Osgoi 'ngwaith."

"Da'r hogan…"

"Be ti'n neud?"

"Dwn 'im, tindroi…"

"Ti yn y swyddfa?"

"Na, adra…"

Distawrwydd annifyr.

"Pws yn iawn?"

"Yndi, mai'n fa'ma'n hel mwytha…. pws yn iawn efo chditha?"

Ma'n cymryd eiliad i'r geiniog ddisgyn. Ti ar 'i hôl hi bora 'ma Ler!

"Y sglyfath!" Dan ni'n dau'n chwerthin, ac mae'r ias wedi'i thorri. "Ti'n osgoi fi?" Cwestiwn rhethregol os bu un erioed.

"Weli di fai arna'i?"

"Sgennai'm help sdi…"

"Be, bo chdi di disgyn amdana'i?" Ew, mae o ar derma da efo fo'i hun!

"Naci, mod i'n briod de!"

"Ti'm yn gwadu bo' chdi di disgyn amdana'i 'lly..." Y basdad. Mae o di'n nal i fan'na do. Dwi di cyrradd blaen y ciw erbyn hyn, ac mae'r dyn yn sbïo'n flin arna' i.

"Ffoniai di wedyn, ocê?"

Dwi'n stopio'r car o flaen tŷ Diane, a fan'na ma' hi yn ei dresin gown yn llusgo'r wîli-bin i'r lôn.

"Bora da!"

"Jesus Leri, o'n i'n meddwl bod y blydi social yn ôl am funud, Christ!"

"Sori Diane, jyst pasio o'n i, ac isho deud diolch am ddod â'r dyddiadur draw – dwi 'di dod â hwn..."

Dwi'n estyn y gwin iddi, ac mae hi'n studio fo am funud bach.

"Iawn fel mixer yn bydd?" Ma' hi'n wincio arnai'n ddireidus. "Cheers, cariad. Coffi?"

"Grêt."

Dwi'n clirio lle i mi fy hun ar y soffa. Does 'na ddim cystal graen ar y lle tro 'ma, a dwi'n sylwi bod un o'r cadeiriau wedi torri. Mae Diane yn sylwi arna' i'n sylwi.

"Craig. Dod adra'n pissed rhyw noson ar ôl ffrae efo'i other half, cicio'r shit allan o'r three-piece! Twat..."

"Sut 'dach chi'n cadw?"

"Iawn, plodding on – ti di darllen y diary?"

"Do, rhan fwya'... mae o'n ofnadwy, Diane, dwi'm yn gwbod sut dach chi'n medru'i ddarllan o wir, a chitha'n fam iddo fo..."

"Poor bastard... nathon nhw 'i fywyd bach e'n uffern... always the underdog, ti'n gwbod? Does dim lle i bobol fel Andrew yn unman... ddim mewn dim un ysgol eniwei...'i wyneb e byth yn ffitio... dipyn bach yn dew, dipyn bach yn thick... easily led... byth yn gallu gneud y peth iawn, even pan oedd e'n gneud pethe brilliant, ti'n gwbod? Pan oedd e yn yr ysgol fach, roedd rhaid iddyn nhw i gyd neud llun Duw, a dyma pawb arall yn gneud llun hen ddyn yn iste ar gwmwl efo locsyn hir, ond ti'n gwbod be nath Andrew? Llun o lygad massive. A ti'n gwbod be nath y teacher? Lluchio fe yn y bin. Llun pawb arall ar y wal, heblaw un Andrew."

"Rodd genno fo ddawn sgwennu..."

"Aye. Ella na job fel dy un di fydde fe di gneud tasa fe 'di cael byw..."

Hmm, 'swn i'm yn dymuno hynny arno fo chwaith...

"Dach chi di meddwl dangos 'i waith o i rywun, neu'i gyhoeddi fo yn rwla?"

"Be, y diary? God, no way, bydde Andrew byth yn madde i fi – bachgen preifet iawn oedd e, bydde fe'n casàu meddwl am y basdads nath 'i ladd e'n cael gwd laff ar ben y pethe oedd e'n sgwennu. Na, rhy bersonol."

Mae Diane yn tanio ffag arall, a dwi'n crafu 'mhen am ffordd arall i werthu'r syniad iddi.

112

"Bydda 'na lot o bobol ifanc yn ffendio fo'n gysur mawr... gwbod bod na rywun arall wedi mynd trwy'r un peth..."

"Ac wedi lladd ei hun? Hardly a happy ending ydi e?"

Mae hi'n chwerthin yn rhy harti, ac yn tanio ffag arall.

"Na. Sori Leri, fi'n gwbod mai ond neud dy job wyt ti, ond mae rhai pethe'n sacred."

* * *

Taswn i'n cau'n llygid rŵan mi fydda 'na beryg imi gysgu. Mae'r haul wedi cnesu'r car wrth imi fod yn trafod efo Diane, gan greu swigen fach glyd y medrwn i gyrlio fyny ynddi a rhochian fel yr wythfed cysgadur. Dim ond gostwng y sêt yn ôl fydda raid, ac mi fyddwn i'n cael dianc i'r byd melfedaidd hwnnw sydd rhwng cwsg ac effro. Mae pobol yn edrych yn od arna'i wrth basio heibio, felly dwi'n tanio'r injan heb wbod yn iawn ble i fynd nesa. Diolch byth bod y penwythnos ar y gorwel – deuddydd cyfan o hwyl efo Anni. O, a gwneud neges. A golchi dillad. A mynd trwy'r post sydd wedi lluwchio wrth y drws. A chant a mil o betha diflas erill.

Er gwaetha fi fy hun dwi'n dechra potshian efo'n ffôn. Last incoming call... be nai, chwara hi'n cŵl ta codi'r ffôn? Bys yn hofran uwch y botwm gwyrdd... Sod it... Mae o'n ateb yn syth.

"Lle wyt ti?"

"Yn y car ddim yn bell o dŷ Diane, pam?"

"Be ti'n wisgo?"

"Callia!"

"Ty'd acw…"

"Na 'naf!"

"Ty'd…"

"Na! Ti'n gwbod be ddigwyddith…"

"Be?"

"Aron… rho gora iddi…"

"Yli, ma' gen i depot ffresh yn fa'ma a darn o gacan ffenast, be ti'n ddeud?"

"Jyst ffrindia, iawn?"

"Jyst ffrindia."

Mae tu allan i'w dŷ o'n edrych yn wahanol liw dydd. Heblaw am y sbwriel sy' di chwythu i lawr y llwybr, mae'n dŷ digon sbriws yr olwg. Dim sôn am rif nac enw, chwaith. Dwi'n cymryd cip sydyn arna' fi fy hun yn nrych y car. Ych-a-fi. Dwi'n casàu drycha' ceir, ma' nhw'n dangos pob ploryn a rhych a mis-calc coluro nes bod rhywun yn teimlo fel mynd i guddiad i gongol. Ond dydi hi'm ots sut dwi'n edrych p'un bynnag. Jyst ffrindia.

Dwi'n cnocio ac mae o'n agor yn syth. Haleliwia dyn bob lliwia, o's raid i hwn fod cweit cymaint o bishyn?

"Ti'n edrych fel tasa ti'n gallu gneud efo paned... bora anodd?"

"Methu perswadio Diane i adael imi iwsio'r dyddiadur..."

"Ia, wel... dyfal donc, a ballu..."

"Ti'n swnio fel Slob rŵan..."

"Ew, sôn am gicio dyn pan mae o lawr! Stedda..."

Chwara teg i Aron mae o 'di gneud tebot iawn o de, a 'di'r rhoi'r gacan ar blât a bob dim.

"Steil..."

"Wrth gwrs..."

A dan ni'n cusanu. Jyst ffrindia, o ddiawl.

Pennod 17

Mae'n rhaid 'mod i 'di pendwmpian yn y gwely wedyn, a daw llais Aron i'n neffro fi, a 'nhynnu fi nôl o ryw nefoedd ddiog.

"Ler..."

"Mmmm..."

"Gas gen i dy ddeffro di, ond wyt ti'n goro nôl Anni heddiw?"

Dwi'n ista fyny fel sowldiwr yn y gwely.

"Shit! Faint o'r gloch 'di hi?!

"Ma'n ocê, di'm yn bump eto..."

"O, diolch byth... eniwe, Dils sy'n 'i nôl hi heno a deud y gwir, oedd o'n mynd i orffan yn gynnar a mynd a hi am dro..."

"Dwi 'di dy ddeffro di heb isho, felly... sori."

"Na, paid a deud sori... diolch am feddwl...ma' hynna'n golygu lot imi..."

"Mi wt ti ac Anni'n un, dwi yn dallt hynny, sdi…"

"Aron, ynglŷn â'r diwrnod o'r blaen…"

"Ti 'di cael cyfla i feddwl?"

"Dwi jyst yn methu dychmygu gneud y ffasiwn beth… goro esbonio i Anni mewn blynyddoedd i ddod pam bod 'i thad hi 'di mynd…"

"Dio'n well gen ti esbonio iddi pam bod 'i mam a'i thad yng ngyddfa'i gilydd rownd y rîl ta?"

"Dydan ni ddim, ddim rîli… ddim bob tro…"

"Wyt ti'n hapus efo fo?"

"Does na'r un briodas yn berffaith, nagoes?"

"Yli, dwi'n gwbod 'i bod hi'n ddyddia cynnar arna chdi a fi, dwi'n dallt pam dy fod ti'n cachu brics. Gawn ni weld sut eith petha, ia?"

"Well imi fynd, fydd Dils yn dechra meddwl lle dwi…"

"Welai di fory?"

"Welai di'n gwaith…"

Dwi'n rhuthro allan a 'ngwynt yn fy nwrn, fel tasa brys gwyllt yn mynd i ddad-wneud pechod y p'nawn. Mae'r goleuada traffic yn nofio o flaen fy llygaid, a'r gân bruddglwyfus ar y radio'n annog y dagrau, sydd yn casglu'n eu tro o dan fy ngên gan ddrip-dripan ar fy mrest cyn rhedeg lawr fel afon fechan rhwng fy nwyfron.

Be ddiawl dwi'n mynd i neud? Fydda Rhian fawr o iws mewn sefyllfa fel hon: beio'r blewiach fydda hi ma' siŵr. A fydda Mam yn siŵr o gynnig ein bod ni'n mynd ar wylia i Tibet er mwyn ail-ddarganfod ein hunain a ryw 'fyrrath felly. A Ses druan, be fydda honno'n gneud o'r llanast yma erbyn hyn? Dydi Ses rioed 'di bod yn un am gymryd petha o ddifri, ond dwi'n teimlo'i llygid mawr llwyd yn fy nilyn i o gwmpas y swyddfa dyddia yma, wrth imi wneud fy ngora i edrych yn brysur. "Ti'm yn gwbod be sgin ti..." medda hi wrtha 'i y dwrnod o'r blaen, a golwg drist arni. Deud dim 'nes i. Mynd o'na, heb fedru sbïo arni hyd yn oed.

Adra, does na ddim golwg o Dils nac Anni – mae'n rhaid 'u bod nhw'n dal i fod allan yn mwynhau'r tywydd braf, annisgwyl yma. Cyfle da am gawod heddychlon, heb rhywun bach hiraethus yn swnian arna'i o du ôl i'r cyrtan, yn trio anghofio'i gofidia drwy chwalu unrhyw beth sydd o fewn cyrraedd ar draws llawr y bathrwm, nes bod y lle'n edrych fel tasa 'na ladron 'di bod acw.

Mae cyffro'r pnawn yn dal i lynu wrth fy nghorff, a'r gwaed yn rasio eto wrth imi olchi Aron i ffwrdd. Sut ddaethon ni i fa'ma, d'wch? Y cwpwl perffaith, dyna oedd Dils a fi, medda pawb. Yn fêts, yn gariadon, yn adar o'r unlliw. Y cynta o blith ein criw ni i briodi, y cynta i gael babi, a phawb yn deud na fydda na byth uniad mor hapus, mor naturiol, mor 'iawn'. Dwi'n holi fy hun fel twrna be sy'n bod ar berthynas fi a Dils erbyn hyn, a fedra i yn fy myw roi fy mys ar be sy'n fy ngwneud i mor ofnadwy o ddiflas ac isel fy ysbryd. Ydi, mae o'n ddiog, yn ddi-feddwl, yn fachgenaidd, yn gyrru fi'n boncyrs efo'i bolitics stiwdant a'i ymateb dros-ben-llestri, du a gwyn i bopeth, ond diawl, mae 'na betha gwaeth yn yr hen fyd ma, toes? Mae bywyd wedi dod rhyngthan ni rhywsut, a tra bod ein perthynas yn gweithio fel watsh mewn hawddfyd, mae unrhyw bwysau yn ein pegynnu ni'n syth. Gorfod troi'n oedolion sydd wedi difetha petha rhwng Dils a finna. Mae'r cariadon seidar-a-blac wedi trio chwara tŷ bach, ac er y modrwyon chwaethus, y cyfri-ar-y-cyd a'r forgais sylweddol, mae chwarae wedi troi'n chwerw.

Yndan, rydan ni wedi tyfu ar wahân. Mae'n swnio'n rheswm mor ystrydebol o dila i fod yn hel ffantasia am adael priodas, ond dwi jyst ddim yn teimlo'n bod ni ar yr un tîm, bod ni'n tynnu'r un pen i'r rhaff, bod o gachu o bwys genno Dils os ydwi'n codi bob bore Sadwrn a phob bore Sul efo Anni am weddill fy mywyd tra'i fod o'n rhochian yn y gwely efo'i benmaenmawr. Ydw, dwi'n troi cefn arno fo'n y gwely, a dwi'n gwbod bod hynny'n 'i frifo fo i'r byw, ond mae'n anodd diawledig ymgolli'n rhywiol efo dyn tisho'i leinio.

Blydi hel, mae hi bron yn chwech o'r gloch, a dal dim sôn amdanyn nhw. Rhyfadd. Dwi'n mynd lawr grisia wedi fy lapio mewn twâl, a sbïo allan i'r stryd. Wps, thril rhad i'r hen begor dros lôn. Lle ddiawl maen nhw? Dwi'n ffonio Dils ar y ffôn bach. "The person you are calling is unavailable…". Dwi'n tshecio'n ffôn bach i a ffôn y tŷ, ond na, does na ddim neges. Be o'dd gen Anni amdani bore ma' hefyd, y ffrog fach ysgafn yna efo'r nicar i fatshio. Ydi o 'di cofio mynd â chardigan iddi sgwn i? Mae'r haul wedi hen gilio, a'r gwynt wedi codi. Lle uffar maen nhw? Ddylwn i banicio? Ac yna dwi'n sylwi bod na fwlch ar y stryd lle y dylia car Dils fod wedi'i barcio. Dim car. Fydda fo di mynd yn y car i'r parc? Na fydda siŵr. Lle ffwc maen nhw. Be os 'dyn nhw 'di cael damwain? O Dduw mawr, be os oes na rwbath ofnadwy di digwydd, a finna di bod yn nhŷ Aron yn plesio'n hun? Dils, lle wyt ti, plîs ty'd adra! Dwi'n chwyrlïo rownd y tŷ fel rwbath gwallgo, rhag ofn bod na nodyn, neu gliw, neu unrhyw beth i esbonio be ddiawl sy di digwydd. Mae o 'di mynd â chôt Anni – doedd honno ddim genni hi yn mynd i Bobol Bach bora ma. Fyny grisia. Mae'i sach gysgu hi 'di mynd… a'i phyjamas hi… baglu mewn i'r stafall molchi… mae'i sebon croen sych hi wedi mynd hefyd… wardrob… anodd deud, ond mae 'na ôl chwilota… oes, mae na bâr o jîns ar goll, ac o leia un crys-T. Dwi'n rhuthro'n ôl lawr grisia. Be ddiawl 'di gêm Dils? Lle mae o di mynd â hi? Pam bod o di mynd â hi? Dwi'n mynd at beiriant ateb y tŷ eto, ond na, does na ddim negeseuon newydd. Dwi'n chwarae'r hen rai rhag ofn, ac mae 'na un diarth, un wedi'i adal pnawn ma' toc wedi dau. Am negas ryfadd, lleisiau'n mwmian rwbath, sŵn chwerthin… ac yna fy llais i… fy llais i yn… o Dduw mawr, llais Aron di hwnna… mae'r lleisia'n stopio, ac mae na sŵn… o ffwc. O ffwc ffwc ffwc. Ma' Dils di dod adra o'i waith efo Anni, wedi chwarae'r negeseuon, ac wedi clwad hwnna. O blydi hels bels. Y blydi ffôn bach sy 'di ffonio'r rhif cynta yn fy rhestr rhifa, sef 'Adra'. Ma'n rhaid mod i di ista arno fo eto. Dwi di gneud hynny droeon o'r blaen, a 'di gadael negeseuon hirfaith o Ses a fi'n chwerthin fel genod ysgol mewn rhyw far neu'i gilydd. Ond ma' hyn yn siriys. Ma' hyn yn siriys go iawn. Dwi'n ffonio Dils eto, a tro 'ma, mae'r ffôn yn canu. Ty'd wir, ateba wir Dduw. Mae'r ffôn yn dal i ganu, ac yna, fel mae'r peiriant ateb yn dechra clicio mewn, daw llais Dils.

"Helo?"

"Di Anni efo chdi?"

"Yndi siŵr, lle arall fydda hi?"

"Lle wyt ti?"

"Llandeilo."

Tŷ'i rieni o. Tŷ'i blydi rieni o!

"Be ffwc ti'n feddwl ti'n neud? Fedri'm jyst mynd ag Anni i blydi Llandeilo siŵr!"

"Pam ddim 'lly? Ac eniwe…" mae'i lais o'n distewi, fel tasa fo ddim isho i neb 'i glwad o "…be ffwc ti'n feddwl oeddat ti'n 'i neud pnawn ma? Er, dwn im pam dwi'n gofyn, a finna di clwad y blydi cwbwl!"

"Ty'd adra efo Anni a 'nawn ni siarad am y peth, ocê? Plîs Dils, gad imi drio esbonio…" Dydi o ddim yn atab, a dwi'n methu dal. "Fedri di'm mynd ag Anni heb ofyn i fi gynta! Elli'm jyst 'i chymryd hi fela! Dils!"

"Fi di'i thad hi, Leri. Fedra'i neud fel licia'i."

"Na fedri! Ty'd â hi 'nôl rŵan! Os gychwynnwch chi rŵan fydd hi ddim yn rhy hwyr arni'n mynd i'w gwely. Jyst ty'd â hi nôl!"

"Ma Mam wrthi'n rhoi bath iddi, ac mae'i phyjamas hi'n cnesu ar yr Aga. Ma' hi'n ocê, Leri, ma' hi'n cael amsar wrth 'i bodd."

Mae'i lais o'n farwaidd a gor-resymol, fel tasa fo'n siarad efo rhywun dipyn bach yn dwp.

"Dils, dwi'n warnio chdi, ty'd â hi adra'r funud yma!"

Dwi 'di dechra crio erbyn hyn, a dwi jyst isho 'mabi fi yma. Rŵan.

"Plîs Dils, ty'd â hi, neu dwi'n cychwyn am Landeilo fy hun!"

"Ty'd ar bob cyfri, ond fydd hi yn ei gwely'n cysgu erbyn i ti gyrradd, a dwi'm yn meddwl gei di fawr o groeso gen Mam a Dad dan yr amgylchiada…"

"Ma' hyn yn rîli creulon, Dils. Rîli creulon."

"Creulon?! Yndi, debyg, ond 'na fo, dwi 'di cal athrawes dda yndo! Dwi am fynd i gnesu potal iddi rŵan, ocê?"

"Ond ma' hi angan 'i mam!"

"Ma' hi angan 'i thad hefyd, Leri, ond doeddat ti'm yn meddwl llawar am hynny pnawn 'ma nag oeddat. A dallda hyn, paid â meddwl mod i'n mynd i sefyll nôl a gwatshiad chdi'n chwara hapi-ffamilis efo pwy bynnag uffar oedd yr hwrgi 'na, a finna fel rhyw bric pwdin ar y cyrion yn goro gneud y tro efo gweld Anni pob ffwcin lleuad lawn. Mi gwffiai di bob cam, ti'n dalld?"

Rêl Dils i fynd o flaen gofid fel'na, ond rargol, dwi'n dechra cachu brics o sylweddoli mod i di rhoi'r trên ar y cledrau go iawn, a'i bod hi'n hyrddio mynd yn ddi-reolaeth at ba bynnag gyrchfan hyll sydd yn ein haros. Ond y rŵan-hyn sy'n fy mhoeni i fwya.

"A be am 'i phetha hi? Ti bownd o fod wedi anghofio'u hannar nhw!"

"Ma' bob dim gen i, diolch…"

"Be am Bwni Binc! Fedar hi ddim cysgu heb Bwni Binc!"

"Ma'r bwni gennon ni. Nos da, Leri…"

"Faint o'r gloch ti'n dod â hi fory? Jyst gollwng hi fa'ma, a'i â hi i'r feithrinfa."

"Dwi di cymryd fory off sdi, gawn ni weld be dan ni ffansi gneud…"

"Ty'd di â hi 'nôl! Ti'n dallt? Ty'd â hi'n ôl ben bora fory!"

"Ma'n siŵr 'na dyna na'i sdi. Gawn ni sgwrs fory, ocê. Nos da."

"Dils? Dils!"

A ma'r ffycar di rhoi'r ffôn lawr arna'i. Dwi'n sigo i'r llawr yn un stremp o ddagra a sneips. Dwisho Anni. Ma' pob cell o 'nghorff, pob dernyn croen, a phob synnwyr sydd gen i yn brifo isho Anni. Isho gafael amdani, isho arogli top ei phen a theimlo'i gwallt yn cosi fy nhrwyn, isho rhedag fy ngwefusau dros ei hwyneb a theimlo'i hamrannau yn agor a chau yn erbyn fy moch. Dwi isho Anni gymaint nes 'mod i'n brifo hyd at waelod fy mod. Mae'r ffôn bach yn canu.

"Dils? Ti sy na?"

"Naci… fi. Dwi'n ffonio ar adag anodd?"

"Aron…"

Dwi'n dechra crio go iawn rŵan. Igian crio, crio nes mod i'n methu cael fy ngwynt, crio nes mod i isho chwydu.

"Be sy? Leri! Be sy di digwydd?"

Prin mod i'n medru gneud dim ond gwichian.

"Mae o… mae o 'di… mae o 'di mynd â hi…"

"Pwy? Be ti'n feddwl? Di mynd â pwy?"

"Dils… 'di mynd ag Anni…"

"Pam? I lle mae o 'di mynd â hi?"

"Mae o'n gwbod… mae o'n gwbod amdanan ni… mae o 'di mynd ag Anni…"

"Reit, dwi'n dod draw rŵan. Aros lle wyt ti."

"Na…"

"Be?"

"Na, ddim heno…"

"Fedri di'm aros ben dy hun mewn ffasiwn stad, siŵr!"

"Dwi'm isho neb… dwi jyst isho Anni…"

"Ler, gad imi dy helpu di… fedrai'm gadal chdi fel hyn…"

"Plîs, Aron, ma' rhaid i chdi adal imi fod heno… bai fi di hyn i gyd… bai fi di bod Anni di mynd i Landeilo…"

"Llandeilo?"

"Ia, at blydi rhieni Dils…"

"Wel fydd hi'n iawn yna fan'na bydd? Does 'na'm byd yn

124

mynd i ddigwydd iddi nagoes?"

"Ddim dyna di'r blydi pwynt! Tria'i gweld hi, bendith nefodd i ti! Taswn i ond wedi mynd i 'ngwaith, taswn i ond wedi cadw draw... fydda dim o hyn wedi digwydd!"

"Ella bod hyn er y gora, sdi..."

"Er y gora? Ti'n gall dŵad? Ma' Dils yn gwbod! Mae o di clwad ni'n ffwcio ar y ffôn! Mae o 'di mynd ag Anni i Landeilo!"

"Be ti'n feddwl, 'ffwcio ar y ffôn'?"

"O... ddudai'i wrtha ti fory, ocê? Plîs... jyst gad petha fel maen nhw am heno... ffonia'i di yn y bora, iawn..."

"Os wt ti'n deud. Ond dwi yma, ben arall y ffôn, ganol nos neu pryd bynnag, ocê?"

"Ocê... a sori... sori am weiddi arna chdi..."

"Ma'n iawn siŵr... a paid â phoeni am Anni, awn ni yno i'w nôl hi fory os oes raid."

"Ia?"

"Ia siŵr."

"Ocê, nos da..."

"Nos da... a cofia mod i'n dy garu di..."

125

Pennod 18

Dwi 'di cael nosweithiau di-gwsg o'r blaen, ond nid fel neithiwr. Mae'r sgriws yn llac go iawn bora 'ma, a dwi 'di bod ar fy nhraed ers toriad y wawr yn trio penderfynu pa ddedlein ddylwn i roi i Dils cyn imi yrru i Landeilo i 'nôl Anni. Ydi saith o'r gloch yn afresymol? Wyth o'r gloch? Mi fydd Anni'n deffro'n gynnar mewn tŷ diarth, a tasa fo'n cychwyn yn ôl yn syth mi fydda fo yma unrhyw funud. Ond mae saith ac wyth o'r gloch yn pasio heb air gan Dils, a heb i'r bwbach ateb ei ffôn chwaith. Mae hi'n tynnu am naw, a dwi'n gadael hi'n hwyr go iawn os dwi isho cyrraedd gwaith erbyn y cyfarfod golygyddol. Damia las. Bydda sici arall yn 'i phwshio'i beryg, ond dwi jyst â thorri shilff 'yn nhin isho gweld Anni. O'r diwedd, mae'r ffôn bach yn canu, a llais Dils yn grug a llawn coegni ar yr ochr arall.

"Bore da…"

"Lle dach chi?"

"Wel, dwi mewn caffi yn byta brechdan sosej…"

"Lle ma' Anni?"

"Yn Bobol Bach."

126

"Ond ddudish i y baswn i'n mynd â hi bora 'ma!"

"Un peth yn llai i chdi neud dydi... a chditha mor brysur."

"Ffycin tyfa fyny nei di?"

"Chdi sy wastad yn edliw mod i byth yn mynd â hi, a rŵan ti'n cwyno! Fedrai'm ennill na'draf... ond does na'm byd yn newydd yn hynny..."

"Dwi am eu ffonio nhw rŵan i jecio bod hi yno, dallda – dwi'n trystio ffyc-ôl arna chdi ar ôl dy antics di neithiwr."

"Paid â bod mor blydi baranoid, ac eniwe, be am dy antics di?! Ti'n mynd i ddeud wrtha'i pwy di o?"

Dwi'm llawar o isho cael y sgwrs yma rŵan, a does gen i'm amser i'w chael hi 'chwaith o ran hynny.

"Siaradwn ni heno ma."

"Dy derma di eto, ia?"

A dwi'n rhoi'r ffôn i lawr.

Dwi'n ffonio Bobol Bach efo rhyw esgus tila am ddryswch efo apwyntiad clinic i esbonio pam mod i'n ffonio yno i holi hanes fy merch fy hun, ac yndi, mae Anni yno ers ben bora. Dwi'n gwrthsefyll pob temtasiwn i fynd yn syth yno i'w gweld hi, gan gysuro fy hun mai dim ond tair awr a hanner sy' 'na tan amser cinio. Mae colli'r cyfarfod golygyddol fel dangos dy din i'r Pab, hynny ydi, dwyt ti jyst ddim yn 'i neud o.

Mae'r ffôn bach yn canu wrth imi yrru fel cath i gythral i lawr y ffordd ddeuol. Dwi'n hannar disgwyl mai Aron sy 'na, ond na, rhif Diane sydd ar y sgrin fach. Hmm, be fydda Diane isho'r adag yma o'r bora. Dwi'n tynnu drosodd i'r llain galed.

"Diane…"

"Haia Leri… look, dwi'n methu gneud e, sori… pethe ddim yn dda iawn yma, a fi ddim ishe unrhyw fuss ar hyn o bryd… sori…"

Damia damia damia.

"Diane… ylwch, ddoi draw atach chi am sgwrs wedyn… dwi'n siŵr gallwn ni sortio rwbath allan.."

"Na, honestly… fi ddim ishe neud e… nei di ffendio rhywun arall ar gyfer y stori dwi'n siŵr… rhywun gwell, siŵr o fod…"

Sgwn i be sy 'di digwydd i neud iddi newid 'i meddwl…

"Ocê… ylwch, ddoi draw wedyn i weld sut ydach chi beth bynnag, iawn?"

Well imi ddechra gweddïo am wyrth…

Wrthi'n suddo i'w seti mae pawb pan dwi'n cyrraedd y cyfarfod a 'ngwynt yn fy nwrn.

"Sori… traffic uffernol…"

"Lôn yn glir am hannar di saith y bora sdi," medda Slob heb sbïo fyny o'i nodiada. Jyst y math o beth ma' coc oen hunanbwysig fatha fo'n lico deud, a meddwl 'i hun yn rêl jiarff. Er mod i'n ista drws nesa iddo fo yn y cylch cyfrin, ma'r babi clwt yn dewis troi 'i gadair oddi wrtha'i dipyn bach, jyst er mwyn dangos cyn lleied o feddwl sgenno fo ohona'i mewn gwironedd. Dwi'n studio cefn 'i ben o. Mae o di bod wrthi efo crib a jèl yn y tu blaen a'r ochra, ond mae'r cefn yn fflat fel crempog, ac ôl y clustog i'w weld yn glir yn y gwallt tena, lliw pibo llo bach. Mae o'n honni bod genno fo wraig, ond dan ni eto i gyfarfod y ddynas anffodus, os ydi hi'n bodoli.

"Reit, wel, fel y gwyddoch chi dan ni'n rhedag cyfres o straeon arbennig fis nesa i gyd-fynd efo argymhellion newydd y cynulliad ar fwlio mewn ysgolion... Ma' hwn yn rwbath sy'n agos iawn at galonna'n darllenwyr ni, ac mae'n bwysig bod ni'n gneud y gora o'r straeon high-impact... pull-out fydd o, a dan ni'n mynd i'r wasg yn gynnar efo fo, felly dwisho dechra hel stwff rŵan. No last minute pull togethers OK?"

Dwi'n dal llygad ambell un, ac er iddyn nhw edrych yn ddigon didaro, dwi'n gwbod eu bod nhw fel finna'n desbret i drio meddwl am ffyrdd o sbriwsio dipyn bach ar ba bynnag syniad dwy-a-dima sydd genno nhw dan sylw tro 'ma. Gas gen i'r cyfarfodydd yma. Pa bwnc gawn ni 'i or-symleiddio heddiw? Pa drasiedi bersonol gawn ni ei hecsploitio? Pa hanner-gwirionedda gawn ni 'u gwerthu? Dyma sut ma'i yn y cyfarfodydd yma, a phawb am y gora i ddeud rwbath sy'n tycio – unrhyw beth, yn aml. Fydda fo mo'r tro cynta imi ffendio fy hun yn mynd fel melin bupur gan or-liwio, gaddo gormod, a siarad fy hun i dwll go iawn, jest er mwyn cadw gwyneb o flaen pawb arall. Ac ma' golygon y Slob wedi glanio arna' i.

"Be di hanas y Diana 'na? Di hi on-side bellach?"

"Diane."

"Ia, honno. Os na rwbath yn y dyddiadur lle mae o'n sôn am sut mae o actiwli'n mynd i topio'i hun?"

"Be tisho 'lly, deiagrama?"

"Oes 'na rai?"

Twat.

"Nagoes…"

"Wel, gen ti ma'r stori gryfa, Leri, felly dwi'n disgwyl iti neud y gora ohoni."

Blydi hels bels, ar ôl wsnosa o fod fel cachu mewn golch ynglŷn â stori Andrew, mae Slob bellach wedi cydio ynddi go iawn, ac mi eith o'n boncyrs os 'colla'i hi rŵan. Sôn am foddi yn ymyl y lan. Dwi'n teimlo'n hun yn dechra poethi.

"Sgennon ni lun o'r hogyn yn fabi a ballu?"

"Dim byd eto."

"Jesus, Leri, lle ma' dy sense of urgency di? Ty'd â rhyw hanner dwsin i mewn inni gael digon o ddewis. Fedri di gael nhw pnawn ma? Rho nhw i Olwen os na fydda'i ar gael…"

"Edrycha'i ar 'u hola nhw sdi – uffar o gyfrifoldeb de… mond y llunia sgenni hi ar ôl ohono fo rŵan ynde, bechod…"

Rêl Olwen, drama cwîn o fri, a'r eidîal hogan i weithio ar rhacsyn o bapur fatha hwn.

"Chwara teg iddi am adal inni brintio'r deiri 'de, dwn im os fyswn i... fysa chdi, tasa fo'n Anni?"

Croen fel eliffant, dim owns o empathi a thrwyn sbaniel am unrhywbeth sy'n atgyfnerthu'i golwg unllygeidiog hi ar y byd – mae ansensitifrwydd Olwen yn fy rhyfeddu i'n ddyddiol. Mae Slob yn sbïo'n ddiamynedd arni, ac ma' hitha wedi mynd dipyn bach yn binc mewn ecseitment.

"Olwen, ddim rŵan... Paul, be di'r latest ar y llun 'na o'r ci sy'n syrffio?"

A dyna ddiwedd y cyfarfod. Lle ma' Aron pan ma' rhywun 'i isho fo wir. Mi fydda rhannu gofid yn braf rŵan, ac er bod Ses wrth ei desg fel arfer, dwi ddim yn siŵr os ydan ni ar delera digon da imi fwrw fy mol yn fan'no. Dydan ni ddim wedi ffraeo, ond mae 'na annifyrwch rhyngthan ni, ac fel mae'r dyddiau'n pasio mae'n mynd yn anos torri'r garw.

Pennod 19

Er imi drio, mae hi'n amhosib imi fynd ag Anni yn ôl i Bobol Bach ar ôl amsar cinio. Dydw i rioed 'di bod oddi wrthi hi dros nos o'r blaen, a dydi cwta awr dda i ddim ar ôl pedair awr ar hugain o hiraethu. Dwi'n nôl ei phetha hi, ac yna'n gyrru draw i dŷ Diane. Mae nghalon i'n curo fel taswn i'n leidr deiamwntia. Damia mod i wedi dechra cyboli efo Diane a'i stori. Taswn i 'di gadael i betha fod fyddwn i ddim yn y twll yma rŵan. Taw pia hi weithia mewn cyfarfodydd golygyddol, a gadal i Slob fy rhoi i weithio ar stori rhywun arall – dim cyfrifoldeb, dim clyma emosiynol, dim hasls pan ma' petha'n mynd o chwith. Taswn i ond wedi bod yn strêt efo fo o'r cychwyn cynta, a chyfadda bod Diane yn hei-risg, fyddwn i ddim yn goro gyrru i ochr arall dre a'n stumog i'n troi, i drio rhoi'r sgriws ar ddynas sydd ddim yn haeddu cael ei sgriwio.

Mae drws Diane yn llydan agored pan dwi'n cyrraedd efo Anni dan fy nghesail. Ar ôl amball i 'iw-hw' ac 'oes 'na bobol', dwi'n mentro i mewn. Mae'r lolfa a'i thraed i fyny go iawn, a Diane ar ei phedwar yn trio estyn rwbath sy' 'di mynd yn sownd o dan y soffa.

"Dach chi iawn, Diane?"

132

Mae hi'n troi ata'i a'i llygid fel dwy soser. Ma' hi off ei phen ar rwbath.

"Blydi papur ffeifar 'di chwythu… fedri di'i gyrradd e?"

"Lle ma' Kirsty, Diane?"

"Efo'i nain… it's official, dwi'n methu côpio eto…"

Dwi'n estyn y ffeifar iddi, ac mae hi'n sylwi ar Anni.

"Gorgeous… helo cariad!"

"Oes 'na rwbath 'di digwydd, Diane? Oeddach chi'n swnio'n reit stresd ar y ffôn gynna…"

"Just life, cariad, just life."

"Ond roeddach chi mor keen i gael deud stori Andrew fel bod rhieni erill yn gwbod be i edrych allan amdano fo… justice i Andrew, dyna oeddach chi isho…"

"I be? Neith e newid dim byd, a fi ddim ishe'r hasl a bod yn onest efo ti… llun yn y papur… pawb yn sôn am y peth, pawb yn holi os dwi'n iawn…na, it's not for me, Leri, ddim ar hyn o bryd…"

Dwi'n crafu 'mhen am rwbath i ddeud i newid ei meddwl.

"Ond be fydda Andrew'n meddwl? Roedd o 'di cael llond bol ar gael ei anwybyddu yn doedd, dyna mae o'n ddeud yn y dyddiadur, dyma'i gyfle fo i gael rhoi'i ochr o o betha, yr unig gyfle geith o ella…"

Hen bitsh, yn gwasgu ar ddynas yn 'i gwendid. Mae

Diane yn ista ar y soffa â'i phen i lawr yn rholio'r papur ffeifar yn dynnach ac yn dynnach rhwng ei bysidd.

"Ti'n meddwl bo fi'n gadel e lawr yn dwyt ti… yn gadel e lawr eto…"

Dwi'n gweld fy nghyfla, ond ydw i ddigon dan din i'w gymryd o?

"Yr unig beth sy'n fy mhoeni i ydi y byddwch chi'n difaru. Dach chi 'di dod mor bell efo'r peth rŵan, fydda fo'n bechod i chi dynnu 'nôl a chicio'ch hun nes ymlaen…"

Mi fydda Slob yn browd ohona'i. Dydi hi ddim yn ateb, jyst yn dal i rolio'r ffeifar, ei agor, a'i rolio eto.

"Na'i neud o mor hawdd â phosib i chi Diane, fydd dim rhaid imi holi lot mwy arna chi rŵan, a dim ond cwpwl o lunia o Andrew yn hogyn bach fydd isho, a dyna ni. Fydd o ddim yn hasl, dwi'n gaddo."

Mae hi 'di rholio'r ffeifar yn dynn fel sigaret, a rŵan mae hi'n dechra'i blygu fo'n un sgwaryn ar ben y llall. Daw Craig ei mab hyna' drwy'r drws, a dwi'n teimlo'r awyrgylch yn newid o fod yn annifyr i fod yn fwy annifyr byth.

"Be ti'n neud yma?" Mae o'n sbïo arna'i fel taswn i'n faw isa'r doman.

"Jyst gweld sut ma' dy fam…"

"Like hell… di hi'm ishe neud e, and that's that, ok?"

"Craig, ma'n OK, na'i neud e i Leri…"

134

"Be am bob dim nes di ddeud neithiwr, Mam? Sdim rhaid iti blydi neud e os nagwyt ti am – dim ond neud ei job ma' hon, she doesn't really care, for god's sake!"

"Di hynna'm yn wir Craig…"

A nacdi, dydi o'm yn wir, ond welai'm bai ar Craig am 'i gweld hi felly chwaith. Ond ma' rhaid imi fynd â rwbath i Slob erbyn diwedd y pnawn, neu mi fydd 'y nghroen i ar y parad.

"Ylwch, fedrwn ni ddeud y stori drwy lunia o Andrew a darna o'r dyddiadur, wedyn fydd na'm rhaid i fi ofyn dim byd arall i chi, nag ypsetio mwy arna chi…" Dwi'n sbïo o 'nghwmpas i am ysbrydoliaeth, a sylwi'n sydyn bod top y teledu'n llawn o lunia bach o Andrew. "Ylwch, fedra'i fynd a'r rhain efo fi rŵan, ma'r dyddiadur gen i, a wedyn fydda i allan o'ch ffordd chi. Ddoi â nhw i gyd yn ôl i chi cyn diwedd yr wythnos, a fydd bob dim drosodd…"

Mae Diane yn dal i sbïo ar ei thraed.

"Whatever…" meddai, a'i llais prin i'w glywed.

"Mam!"

"Leave it, Craig…"

Dwi'n osgoi sbïo ar Craig, gan fynd draw at y teledu.

"Dach chi isho i fi ddewis?"

"Help yourself!" medda Craig, yn llawn coegni.

Allan ar y stryd dwi wrthi'n clymu Anni i'w sêt car pan

dwi'n teimlo presenoldeb y tu ôl imi, a dwi'n gwbod mai Craig sydd yno.

"G'randa Craig…"

"Na, you listen to me – dwi'n gobeithio gei di dy blydi promotion neu pay-rise neu leg-over efo'r boss neu be bynnag ti'n gobeithio'i gael, achos does na fuck all yn hyn i Mam, nagoes? Ma' hi'n beio'i hun bob dydd am be ddigwyddodd i Andrew, yn beio'i hun am beidio deud dim byd yn gynt, am adal i'r wankers 'na yn yr ysgol gymryd drosodd. Roedd hi jyst wedi dechre cael dipyn bach o control yn ôl pan ddois di ar y scene. Dim ond cwpwl o juicy quotes ydi o i ti ynde, jyst llenwi twll – tomorrow's chip paper! Fydd mam reit 'nôl i fel oedd hi pan ddigwyddodd o rŵan, fydd hi'n total mess, gei di weld – ond hang on, nei di ddim gweld na nei, achos fyddi di ddim yn galw yma ddim mwy na fyddi? Ti di cael be tisho rŵan yndo? Scum, dyna ydach chi… dyna ydach chi i gyd." Ac mae o'n poeri wrth fy nhraed i cyn martshio nôl i'r tŷ a rhoi cic i'r drws i'w gau o.

Prin 'mod i'n saff i yrru, dwi'n crynu gymaint. Dwi'n parcio'n flêr ar y pafin tu allan i'r swyddfa, gan redeg i mewn efo llunia Andrew o dan fy mraich. Mae Slob yn codi'i ben i sbïo arna'i, a thrwy walia gwydr ei swyddfa dwi'n ei weld o'n hanner codi o'i sêt. Aros lle wyt ti'r cwd. Cnoc sydyn, ac i mewn â fi at Olwen.

"Dyma chdi sbia. Doro nhw'n y safe…"

"O… doedd o'n beth bach del… Leri? Leri!"

Ond sgennai'm amser i Olwen a'i sentimentaliti chwydlyd, ac allan â fi fel dynas wallgo, ar wib heibio i'r straglars o gylch y peiriant dŵr, ar ras heibio'r hysbysfwrdd, a'i lunia ystrydebol o bartion meddwol, a phen lawr wrth fynd heibio Ses...

"Leri!"

"Ses... yli, fedrai'm aros, ma' Anni yn y car..."

"Ddoi lawr efo chdi."

A dan ni'n dwy'n rasio lawr y grisia ac allan i haul cyndyn y pnawn. Mae Anni'n dal i gysgu, a dwi'n diolch i'r porthor am gadw llygad arni.

"Be sy'n digwydd, Ler?" Mae llygid Ses yn studio fi a golwg boenus arni.

"Be sy'n digwydd...?" Dwi'm yn siŵr lle i ddechra wir. "Wel, ma' Dils a fi'n gwahanu, a dwi newydd ennill fy streips fel hac go iawn..."

"Be ti'n feddwl?"

"Ti'm isho gwbod, coelia di fi..."

"Lle ti'n mynd i fynd?"

"At Aron..." A dyna fi 'di ddeud o.

"Be ti'n feddwl, 'at Aron'?"

"Wel fedrai'm mynd adra, ddim rŵan..."

"Gei di ddod ata' i siŵr, chdi ac Anni."

"Dwi'm isho infolfio chdi, Ses…"

"Ond dwi'n ffrind i chdi, dwi'n infolfd yn barod."

"Diolch i ti Ses, ond efo Aron ma'n lle ni rŵan…"

Am be ti'n sôn, Leri? Ti'm hyd yn oed wedi trafod y peth efo fo!

"Os ti'n siŵr…"

"Yndw…diolch…"

Nadw, dwi ddim yn siŵr o gwbwl, ond mae'r chwilfrydedd wedi cydio yndda'i. A fedra'i gael o? A fedra'i gael o i gyd i mi fy hun? Dwi 'di twtshiad yn y ffantasi, a rŵan dwisho trio'i fyw o. Ydw, dwi'n bod yn fyrbwyll, ond mi fedra Aron ac Anni a finna fod yn wych efo'n gilydd… a Duw, mae 'na betha rhyfeddach wedi digwydd yn does?

* * *

Pan dwi'n tshecio'n ffôn bach dwi'n gweld 'mod i 'di colli chwe galwad gan Aron, a thri tecst. Gwd sein.

"Haia, fi sy ma… sori, dwi 'di cael bedlam o ddiwrnod…"

"Blydi hel Ler, dwi 'di bod yn poeni amdana chdi drwy'r dydd! Sa ti 'di gallu ffonio!"

"Na'i esbonio bob dim wrtha ti wedyn, ocê? Yli dan ni ar ein ffor draw rŵan. Tisho fi bigo rwbath i fyny ar y ffordd? Dwi'n goro mynd i nôl clytia i Anni a rwbath iddi wisgo'n gwely heno... geith hi gysgu efo ni ceith, sbario fi fynd i nôl y cot..."

"Be, dach chi'n dŵad rŵan, 'lly?"

"Wel yndan... dyna oeddat ti isho ynde?"

"Ia, ia wrth gwrs! Sori, o'n i jyst ddim yn disgwyl i betha symud mor gyflym, dyna'i gyd..."

Shit, dio'n cael traed oer? A finna 'di gwrthod cynnig Ses?

"Jyst duda os dio'n well gen ti bod ni'n mynd i rwla arall..."

"Na! Paid â bod yn sdiwpid! Wela i chi yn y funud, 'na'i agor potal o win..."

Potal o win... 'di'r llanast yma'n destun parti d'wch? Llenwi gwydr i'r top a rhoi I Will Survive ar yr hei-ffei, fel'na ma' gneud ia? Ond ma' na betha mwy ymarferol yn galw, felly stop-off bach yn Asda i gael anghenion Anni, ac wedyn ymlaen i dŷ Aron. Symud yn gyflym medda Aron, wel dyna di'r gyfrinach. Symud mor gyflym nes bod 'na ddim amser i feddwl gormod. Ma' meddwl gormod yn beth peryg. Gweithredu, hwnna 'di'r boi. Ond yng nghefn eitha fy mhen dwi'n gwbod bod rhaid imi wynebu Dils yn hwyr neu'n hwyrach, ac mae'n stumog i'n troi wrth feddwl am orfod mynd 'nôl i'n tŷ bach cartrefol ni, a gweld y boen a'r siom yn llygaid Dils. Mi fydd o isho gweld Anni... mi fydd o isho'i gweld hi heno ma'n siŵr, ac mi eith hi'n ffrae hyll, ac Anni fach yn y canol fel cadach rhwng dau Labrador. Dwi'n ffonio Aron i ganslo'r gwin, gan droi trwyn y car am adra – adra? Sdim diben gohirio...

Pennod 20

Dwi'n clwad y gerddoriaeth yn blastio cyn agor y drws, a dydi Dils ddim yn sylwi'n bod ni yno am rai eiliadau, gan ei fod o'n rhy brysur yn chwarae'i air-guitar i fît byddarol y CD roc trwm.

"Da gweld chdi mewn cystal hwylia," medda fi ar dop fy llais, gan ddyfaru'r coegni yr eiliad mae o'n troi ei ben. Mae'i wyneb o'n afon o ddagrau, a gwyn ei lygid yn goch i gyd, fel tasa fo di bod yn crio ers dyddiau.

"Dils…"

"Sa ti 'di gallu cnocio…"

"Sori… na'i neud tro nesa…"

Mae o'n estyn am Anni, a dwi'n ei phasio hi ato fo heb ddeud dim. Mae o'n claddu'i wyneb yn ei gwallt ac yn dechra crio.

"Ti'n mynd i fynd ato fo'n dwyt…?"

"Yndw…"

"A mynd ag Anni…"

Dwi'n sbïo ar fy nhraed, a'r dagrau'n llosgi.

"Gei di 'i gweld hi faint lici di…"

"Ocê, be am rŵan… heno… be am iddi aros noson neu ddwy tan i chdi gael dy draed tanat…"

"Ti'n gwbod bod hynna ddim yn mynd i ddigwydd… plîs Dils… ma hyn ddigon anodd…"

"Pam na fedar o ddigwydd? Pwy sy'n deud?"

"Ddoi â hi draw fory, ar ôl gwaith sbia…"

"Be am heno? Be na'i hebddi hi heno?"

Ac mae o'n dechra crio eto – y crio mud hwnnw lle mae corff rhywun yn mynd i gyd, a dim sŵn yn dod am be sy'n teimlo fel oes i'r sawl sy'n gwrando; ac yna mae'r tynnu gwynt hir, poenus, swnllyd hwnnw yn dod, fel sgrech o waelod enaid.

"Paid â mynd, Ler…"

Dwi'n crio erbyn hyn hefyd, a dwi jyst isho gafal yn Anni a dianc o'r uffern 'ma dwi 'di'i greu. Ma' 'na ran ohona'i sy' isho gafael yn Dils hefyd. Rhan fawr, taswn i'n fodlon cyfadda.

"Ti'm isho fi, Dils, ti jyst ddim isho i Anni fynd…"

"Wel wrth gwrs 'mod i ddim isho iddi fynd! Ond dwi'm isho i chdi fynd chwaith! Nes i byth ofyn i hyn

141

ddigwydd, naddo? Ocê, ella nad ydi petha di bod yn grêt, a dwi'n gwbod mod i'n un digon rhyfadd a ballu, ond dwi'n dy garu di Ler, a dwi'n caru Anni... plîs..."

Fydda fo mor hawdd i fynd ato fo a gafael amdano fo a deud mai un mistêc mawr ydi'r cyfan. Be 'nath Dils i fi erioed, heblaw am fod yn ymgnawdoliad o bob dim dwi'm yn licio am fy mhriodas i. Mi fydda fo mor hawdd, ac eto mor anodd.

"Pam mai efo chdi ma' hi'n goro bod? Pwy sy'n deud Ler? Chdi sy 'di ffwcio petha fyny rhyngthan ni, ond chdi sy'n cael mynd â mabi fi i dŷ hollol ddiarth at ddyn hollol diarth – 'dio'm yn gneud sens Ler! Dwi'm hyd yn oed yn gwbod pwy 'di'r boi ma' – 'dio'n saff i fod o gwmpas plant bach? Dio'n gwbod be i neud efo nhw? Ella bod o'n byrf – ti'm yn gwbod mwy na dwi!"

"Paid â bod mor blydi wirion! Fel taswn i'n rhoi Anni mewn unrhyw beryg!"

"Wel dy griw di sy'n deud bod y wlad ma'n berwi o bidoffeils! Ma'r papura'n llawn o hanesion – targedu merched efo plant a ballu – ella na ddim chdi mae o isho o gwbwl Leri, ti di meddwl am hyn'na rioed?"

"Ti off dy ffycin ben, ty'd ag Anni yma!"

Dwi'n cymryd Anni oddi arno fo, ac mae o'n plygu dros fwrdd y gegin fel dyn wedi'i saethu. Mae Anni'n hollol dawel, ac yn sbïo'n syn ar Dils efo'i llygid mawr llwydlas. Dwi jyst yn sefyll yna am rai eiliada, a'n meddwl i wedi rhewi fatha sgrin compitar pan mae o ar fin crashio. Dydi o'm yn teimlo'n iawn i gerddad allan ar Dils pan mae o mewn ffasiwn stad, ond mae'n rhaid imi weithredu, a hynny ar frys, cyn imi newid fy meddwl.

Dwi'n mynd allan at y car heb siwtces na bocs na dim, gan adael Dils yn y gegin. Ddoish i yma i nôl peth o sdwff Anni, ond doedd gen i mo'r wynab i fynd i chwilota fyny grisia a Dils mewn ffasiwn lanast. Mae'r stryd tu allan yn dawel, a bywyd yn mynd yn ei flaen er gwaetha'r ddrama yn rhif 37. Mae'r awydd i chwydu yn dod drosta'i fwya sydyn, a dwi'n poeri'r hylif hyll i ymyl budur y lôn fawr.

A dyna fi wedi gweithredu, felly. Er gwell neu er gwaeth, dwi wedi gneud penderfyniad. Mae'r hen natur benboeth yna oedd yn tynnu trafferth i 'mhen i ar ôl cwpwl o beints rownd dre ers talwm yn dal i lechu oddi mewn imi, ac yn codi'i ben ar yr adega mwya amhriodol. Mae Dils yn llygad ei le – dydw i prin yn nabod Aron, a fedra'i ddim honni mod i'n ei garu o hyd yn oed, er fod y trên hwnnw ar y cledrau hefyd. Wedi mopio, do; wedi mwydro 'mhen... ond mewn cariad? Yn y bôn, dwi wedi gweithredu er mwyn gweld be ddaw, er mwyn newid y rŵan-hyn. Un weithred, a dyna newid fy myd i, a newid byd Anni – jyst fel'na. A dyna gyfrifoldeb sy'n gneud imi deimlo'n gant oed.

* * *

Mae mynd allan ar job efo Aron yn beth rhyfadd a ninna bellach yn gwpwl. Dwi'n ama bod y rhan fwya o'r swyddfa'n gwbod ein hanas ni erbyn hyn, ac ma' Olwen a Leanne fel dwy wenynen o 'nghwmpas i yn sgota am y niti-griti. Stori sbeshal ar gyfer Sul y Tada sydd gennon ni dan sylw heddiw, dyddiad a oedd wastad yn destun gwawd a rholio llygid gan Dils ("nonsens consiwmrerist"), tan i Anni symud i fyw yr ochr arall i dre, wrth gwrs. Leni mae o am neud wsnos ohoni, gan ddechra efo te bach sbeshal heno, a dwi 'di ca'l ordors i fynd ag Anni acw'n brydlon, cyn iddi ddechra blino.

"Blydi hel! WANCAR!"

Dwi'n neidio yn fy sêt, a llais Aron fel taran wrth fy ymyl i.

"Be sy?"

"Welis di hwnna rŵan? Mynd heibio imi ar y tamad cul 'na? Blydi idiot!"

"Nes i'm sylwi…"

"Be ti'n feddwl nes di'm sylwi? Sut fedra ti beidio sylwi ar y tosar ddiawl… dacw fo sbia, yn ei BM fflashi-goc… reit, ga'i air bach efo'r ffycar rŵan…"

A dyma Aron yn rhoi'i droed lawr, gan wibio dros y sebra crosing a hwnnw ar felyn.

"Be ti'n 'neud?!"

"Dangos i'r boi yn y BM bod o'n methu cal getawê efo petha fel'na!"

"Slofa lawr, wir Dduw…"

"Rodd be nath o'n beryg, Leri – pobol fatha fo sy'n rhoi plant bach yn sbyty… ma isho dysgu gwers iddyn nhw!"

Dydi Aron yn bell o fod yn saff ar lôn ei hun fel mae o rŵan, yn biws efo tempar ac yn rantio fel rwbath gwyllt, ond dwi'n deud dim. Dan ni'n dal fyny efo'r BMW, ac mae Aron yn swyrfio heibio iddo fo gan neud stumia halio drw'r ffenast ochr. Ma' gen i ormod o gwilydd i sbïo ar y boi arall, a diolch byth, dyma'n troad ni ar y gorwel.

"Chwith yn fa'ma!"

"Twat…" medda Aron o dan ei wynt, gan droi'r radio i fyny. "Sori am hyn'na cariad, ond dwi'n casàu wancars fel'na… nes i'm dychryn chdi, naddo?"

"Ymm, naddo…fi oedd yn fy myd bach fy hun sdi, a nes i'm gweld yn iawn be ddigwyddodd…"

"Eniwe, deutha fi dipyn bach am y boi ma' dan ni'n mynd i weld ta, imi gael y jen…"

"Magu'i blant i hun mae o…"

"Gŵr gweddw?"

"Na, 'i wraig o 'di dengid a'i adal o efo'r plant…"

"Cradur…"

"Tri ohonyn nhw cofia… meddylia…"

"Sa Dils ddim yn gwbod lle i ddechra!"

"Na sa, debyg…"

"Stryglo digon efo un, dydi…"

"Ti'n meddwl?"

"Dwn 'im, chdi sy'n deud…"

"Ia siŵr, sori…"

"Ond ella na fi'n sy'n clwad be dwisho'i glwad…"

"Na na… ti'n iawn… fydda fo'n hoples!"

"Di hi'n mynd yno heno?"

"Jyst am awr neu ddwy… pam, ti'n meddwl ddyla hi ddim?"

"Na, ddim dyna o'n i'n 'i feddwl… fydd o'n brêc bach i chdi yn bydd…"

"Ac i chditha!"

"Ia, debyg…"

"Ti'm di cal llond bol, naddo?"

"Ar be, boi?"

"Ar fod yn lys-dad…"

"Naddo siŵr iawn… sori, ddim dyna be o'n i'n feddwl wrth ddeud y bydda fo'n brêc inni sdi… jyst deud, wel, jyst deud bod pawb isho brêc weithia…"

"Ia siŵr… na, chdi sy'n iawn… paid â grando arna'i!"

"Na'i ddim… well gen i sbïo arna chdi…"

"Watsha lle ti'n mynd myn uffar i!"

"Wps…!"

"Reit, dan ni yma dwi'n meddwl... a bihafia!"

"Ies, mus!"

Wel o'n i'n meddwl bod gan Anni lot o degana, ond diawl, ma' fa'ma fatha Toys R Us, myn uffar i. Tŷ plant go iawn, a'u llunia nhw'n drwch ar y walia, yn baentiada ac yn greions ac yn glityr i gyd. Boi clên yr olwg ydi Huw, boi addfwyn, sy'n cynnig panad a ffêri-cecs cartra inni, a'r eisin wedi rhedag i bob man. "Elin, y fenga sy di gneud nhw, ond ma' nhw'n blasu'n ocê, wir rŵan!"

Ma' Huw a fi'n bwrw iddi go iawn i sôn am droeon trwstan magu, ac ar ôl pum munud bach mae'n llun i o Anni yn cael dod allan, a Huw yn dotio ati.

"Tebyg i'w thad, ia?" medda fo o weld bod Anni'n flodan a finna'n dywyll.

"Yy, ia..."

"Mae o 'di gwirioni ma' siŵr..."

"Yyy, do..."

Sgennai'm gwynab i ymhelaethu, gan fod merchaid sy'n gadel 'u gwŷr yn esgymyn cymdeithas gan Huw druan. Mae o'n amneidio at y lluniau ysgol ar y seidbord.

"Sut fath o berson sy'n medru mynd a gadal petha bach fel'na dŵad... heb ddeud ta-ta hyd yn oed..."

"Well imi beidio deud," medda Aron, "dwi'm yn licio rhegi o flaen pobol ddiarth..."

"Yn union, mêt…" medda Huw, a'i lygid yn fflachio. "Ond sut wt ti'n deud wrth dy blant bod 'u mam nhw'n hen bitsh hunanol?"

A finna'n dod yma'n meddwl cael rhyw erthygl fach feel-good am dad clên a'i blant del…

"Os rhaid i chi ddeud hynny wrthyn nhw 'lly?" medda fi, gan feddwl yn rhannol am ei blant druan o'n gorfod delio efo'r ffasiwn chwerwder, ond gan gofio hefyd y bydd gan Dils ambell beth i'w ddeud wrth Anni ryw ddydd, debyg… ych-a-fi.

"Mond yn iawn iddyn nhw gal gwbod y gwir yn dydi?" medda Aron. Be ddiawl sy 'di dod drosto fo heddiw, dwch?

"Ia, ond ma' 'na ffordd o ddeud, ella?"

"Deud yn blaen, dyna sy ora bob tro. Ma' plant yn medru clwad ogla cachu'n cal 'i falu o bellter sdi. Gei di weld." Ma' Huw wedi codi stem erbyn hyn. "Dipreshyn wir… dyna ti falu cachu arall – ma' pawb yn dipresd 'di mynd, dwi'n teimlo'n ddigon dipresd 'yn hun, ond dwi'm yn cerddad allan ar 'y mhlant nacdw?"

"Dyna oedd ar ych gwraig?"

"Ia, meddan nhw, ond duw duw, ma' bywyd yn mynd yn 'i flaen dydi? Mae o'n goro, pan ma' gennoch chi blant…"

"…pawb ddim digon cry'…" medda fi'n ddistaw, gan anwybyddu Aron, sy'n gneud llgada 'jyst cytuna efo fo!' arna i. Dwi'n trio peidio tynnu'n groes, ond fedrai'm stopio fy hun rhag cadw rhan dynas dwi rioed wedi'i chwarfod. Ond ma' Huw yn colli mynadd, ac wedi arfer cael ei borthi, ddudwn i.

"Ffeminist arall, ia!"

"Jyst meddwl ella… o, dio'm ots… chi o'dd yn nabod eich gwraig…"

"Ia, a fi'n sy'n goro llnau 'i blydi llanast hi…"

Ma' gweddill y cyfweliad braidd yn stiff ar ôl hynna, ond ma' gen i ddigon o ddeunydd am erthygl reit joli, os ydw i'n anwybyddu 95% o'r hyn ddudwyd. Ac ma' Aron yn tynnu stoncar o lun o'r teulu bach pan ddaw'r plant adra o'r ysgol, gan neud i Huw edrych fel Papa Walton ei hun.

Pennod 21

Dwi mewn da bryd yn danfon Anni at Dils, ond wrth imi ganu'r gloch, dwi'n clwad sŵn traed diarth yn dŵad lawr y pasej. Diarth ond cyfarwydd hefyd, fel rhyw hanner-atgof o hunlle go gas. Ma' blydi mam Dils yma. Ma' hi'n agor y drws efo gwên gwneud, ac yn agor ei breichia i dderbyn Anni. Dwi'n cymryd arnaf nad ydw i'n sylwi ar yr ystum, gan sbïo heibio iddi tuag at y gegin.

"Di Dils adra?"

"Wrth gwrs 'bod o adra! Dio'm yn mynd i fethu cyfla prin i gael gweld ei ferch rŵan ydi o?"

Dwi'n ei hanwybyddu hi eto, ac yn camu mewn i'r tŷ fel bod rhaid iddi symud i un ochr er mwyn gadal imi basio. Ond dydi hi ddim am roi'r gora iddi chwaith.

"Ddudish i ddigon wrth Dilwyn mai un beryg oedda chdi, ond o na, doedd o'm am wrando arna i nagoedd? Ddudish i wrtho fo ar ddwrnod ych priodas chi!"

"Do, ma' siŵr…"

Dwi'n rhoi Anni i Dils, sydd yn mynd â hi drwodd at ei

thegana yn y stafell fyw.

"Mam… 'na ddigon, ia?" Ond waeth iddo fo heb.

"Digon? Megis dechra ydw i! Ddudish i mai dim ond un math o hogan sy'n gneud… wel, sy'n gneud be 'nes di… ych-a-damia… ac ar ddwrnod ych prodas hefyd… Coman! Dyna oedd fy union eiria i, ynde Dilwyn?"

"Argol fawr ddynas, dach chi rioed yn dal i sdiwio am hynny? Mynd i bî-pî nes i!"

"Yn dy ffrog! A honno'n beth digon pỳg…"

"Buttermilk! Dyna sut oedd hi i fod! Faint o weithia sy isho deud? Ac eniwe, mi 'nes i 'i chodi hi do?"

"…ac o flaen pawb yn y marcî…"

"Mi es i allan!"

"Dim ond jyst! Ych-a-fi… a'r ffasiwn gwilydd… Nain Rhostrehwfa druan yn sbïo'n wirion arna chdi… dwi'm yn ama mai dyna roth hi yn 'i bedd…"

"O, calliwch wir Dduw… Dils, dwi'n mynd, ocê? Fyddai 'nôl mewn rhyw awr a hannar…"

Dwi'n clwad llais Dils o rwla ym mherfeddion y gist degana – a welwn i ddim bai arno fo tasa fo'n dringo mewn ac yn cau'r caead wir… ma'r ddynas yna'n gwbwl ANNIODDEFOL.

* * *

Mae'r wythnosau nesa'n pasio fel breuddwyd – nid am eu bod nhw'n berffaith (dydyn nhw ddim), ond am fy mod i'n rhygnu mlaen drwy rhyw niwl o flinder, dagrau, euogrwydd ac ansicrwydd. Wrth fy nesg mae hi anodda, gan mai yn fanno dwi'n cael amser i feddwl. Mae bywyd yn nhŷ Aron yn feri-go-rownd o fân-ymddiheuro am fân-gam-ddealltwriaetha, wrth i'r ddau ohono ni drio ymddangos mor normal â phosib mor aml â phosib, a hynny gyda gwên rhy lydan a sioncrwydd gormodol. Wrth fy nesg dwi'n treulio oria'n studio'r un frawddeg ar sgrin fy nghyfrifiadur, gan droi pob gair ac ystym o eiddo Aron ac Anni yn fy mhen. Ydi o'n cael llond bol ar ddiflastod domestig efo babi? Ydi hi 'di cael niwed seicolegol o ganlyniad i'r holl helynt? A'r cwestiwn chwedeg miliwn o ddoleri: ydw i 'di gneud y peth iawn?

Do, yn ôl Mam, sydd wedi landio yn ddisymwth o bendraw byd. A naddo, yn ôl Rhian, sydd nid yn unig yn flin efo fi am gael affêr a gadael Dils yn y lle cynta, ond yn fwy na hynny am imi anfon ebost hwyr-y-nos, dagreuol at ein mam, gan beri hi honno gnocio drws Rhian am bump y bore yn chwilio am le i aros. Hogan pin mewn papur ydi Rhian, a dydi hi ddim yn gneud hipis, ddim hyd yn oed ei mam ei hun.

"Pam?" medda fi'n big wrth Rhian, wrth drio arbed pen Anni rhag ymyl y bwrdd gwydr am y canfed tro pnawn ma. "Pam ti'n mynnu bod mor negyddol?"

"O'n i'n meddwl bod na fwy o sdic yn perthyn iti Leri – ma' bywyd be wyt ti'n 'i neud o sdi…"

"Yn union! Dyna pam 'mod i di trio newid petha…" Blydi caffis ffansi, ma' Anni'n mynd am y grisia-beryg-bywyd eto fyth. I be ddothon ni i ffasiwn le, wir?

"Rhian fach," medda Mam, gan gydio yn ei llaw yn nawddoglyd. "Os wyt ti'n caru rhywun, mae'n rhaid iti'u rhyddhau nhw, ac mi ddaw Dils i sylweddoli mai dyma ydi'r peth iawn i bawb. Fedri di ddim gorfodi'r petha 'ma, ac aros yn ffrindia ydi'r peth pwysica iddyn nhw rŵan..."

"Ffrindia?!" medda fi wrth lusgo Anni 'nôl at y bwrdd. "Prin bod ni'n medru torri gair sifil! Dydi hi ddim wastad yn fater o assume the lotus position a fydd bob dim yn iawn, sdi Mam..."

Mae Rhian yn chwerthin, gan gymryd Anni ar ei glin er mwyn imi gael yfad 'y mhanad oer. Chwara teg i Rhian, mae ganddi lot fwy o fynadd efo Mam na sgen i, ond mae ei natur gwbod-yn-well, touchy-feely yn mynd dan ei chroen hitha.

"Ac eniwe," medda Rhian, yn sychu Petit Filou oddi ar ei dillad. "O'n i'n meddwl mai ti fydda'r cynta i gega ar Ler – sbïa arna chdi a Dad, nes di aros tan y diwadd yndo, hyd yn oed pan oedd petha'n uffernol..."

"Iesu Grist Rhian, dydi Dils ddim ar 'i wely anga, nadi?"

"Leri..."

Mae llygid Mam yn glwyfus, a dyma ddyfaru'n syth imi beidio â dethol fy ngeiria'n well. Doedd Dad ddim yn angel – roedd o'n un digon anodd, a deud y gwir – ond roedd ganddo fo a Mam rwbath sbeshal, wel, rwbath digon sbeshal i'w chadw hi wrth ei wely o am wythnosau dibendraw, yn tendio arno fo fel nyrs, cariad ac fel ffrind i gyd ar yr un pryd. Methu handlo'r peth nes i – c'ledu'n hun ac actio'r hiro, pan mewn gwironadd o'n i'n datod tu mewn. Mynd oddi ar y rêls wedyn, byw bywyd fel tasa

153

na ddim fory. Pwyso'r botwm self-destruct, a thynnu pawb i 'mhen gora fedrwn i.

"Sori Mam... peth sdiwpid i'w ddeud..."

"Yli, dwi di dŵad a rhain i chdi, iti gael rilacsio dipyn bach..." Rilacsio wir, a dyma hi'n estyn poteli bach o Bach's Rescue Remedies imi. "Dipyn bach o hwn ar hancas... dau ddropyn o hwn yn y bath... hwn ar dy glustog, a fyddi di ddim yr un un..."

Mwy o jyngl jiws i hel llwch yng nghefn y cabinet, fel tasa gen i le i'r petha 'ma ar ben yr holl eli a talc a weips ma' Anni'n gorfod ei gael. Na'i byth anghofio gwyneb Aron pan ddadlwythish i'r bocsus bathrwm. Nes i ddewis peidio deud fod 'na jyst gymaint dal ar ôl yn bathrwm Dils a finna. Digon i'r diwrnod a ballu...

"Sut ma' Dils yn côpio? Tisho mynd â chwpwl o boteli iddo fo?"

"Poteli be, fodca?"

"Wel naci, dipyn bach o Sandlewood, neu rwbath felly? Cradur..."

Rêl Mam, amenio 'mod i 'di gneud y peth yn iawn yn gadal y dyn, ac wedyn bechod drosto fo ac isho mynd i hwrjio hyrbs ar y boi, a hwnnw ynghanol ei drallod.

"Wel, ella nad oedd o'n iawn i ti Leri, ond mae o'n dad i Anni, a fyddwn i'm isho gweld o'n diodda – cer â rhain iddo fo sbia..." a dyma hi'n gwthio tair potelaid arall o'r dŵr drewllyd i nghyfeiriad i, nes bod bag newid Anni'n tincial fel bag Tesco John Alc ers talwm.

"Tan pryd wyt ti'n meddwl aros eniwe?" medda fi, er mwyn newid y pwnc.

"Hmm, dwn im, gawn ni weld. Dwi'n edrych mlaen i gael dal i fyny efo'r dair ohonach chi, ac i gwrdd â'r dyn newydd, wrth gwrs!"

"Wel pob lwc iti," meddai Rhian, yn achub y bowlen siwgwr rhag bacha' penderfynol Anni, "Dwi eto i'w weld o – dwn im be 'di'r gyfrinach fawr wir. Sgenno fo fwstash neu wallt coch neu rwbath?"

"Ddim isho'i roi o off dwi..." medda fi, gan smalio 'mod i'n jocian. Y peth ola dwisho ydi i Aron druan orfod diodda ffwl-on teulu ecspirians mor fuan â hyn yn y prosidings. Ma' petha'n ddigon anodd iddo fo fel maen nhw. Ar ôl ugain munud bach arall o drio anwybyddu'r ffaith bod pawb yn y caffi isho imi fynd a 'mabi bachog o'na, dwi'n chwifio'r faner wen a'i throi hi am y car. Mae'r siopa'n denu i Mam (hawdd bod yn hipi pan ma' 'na bres busnes tu cefn i chi), ac ma' Rhian yn mynd i gael spray-tan. Gwyn 'u byd nhw, – neu frown, yn achos Rhian. Dwn im pwy sy fwya blin, fi ta Anni, ac i wneud bob dim yn waeth, ma' Dils yn ei chael hi dros nos heno, ac mi fyddai'n llawn hiraeth ac yn cyfri'r oriau tan iddi ddod 'nôl ata'i. Dyma'r noson allan gynta i fi ac Aron fel cwpwl cyhoeddus, ac mi ddylwn i fod yn edrych mlaen. Mi ddylwn i hefyd fod yn cael dillad newydd a lliw haul, ond mi fydd hi'n wyrth os lwydda'i i olchi ngwallt fel mae petha'n mynd. Dan ni 'di bod yn mynd am ryw beint bach yn y pyb lleol, neu am Indian rownd y gongol, ond dyma'r tro cynta inni fentro i dre, a gan fod Aron yn cau deud wrtha'i lle 'dan ni'n mynd, dwi'n cymryd y bydd o'n rwla posh a drud.

155

Pan dwi'n cyrraedd 'nôl i dŷ Aron mae o ar y ffôn yn y gegin, ac ar ôl rhoi winc a chodi llaw arnon ni, mae o'n cau'r drws efo'i droed. I fi, mae hynny'n wahoddiad i fynd i wrando'r ochr arall, a dyna dwi'n 'i neud. Siarad yn dawel mae o, ac yn trio dal pen rheswm efo rhywun – rhywun sydd mewn cyfyng-gyngor, yn ôl tôn ei lais. Mae o'n ffarwelio'n frysiog, a dwi'n 'i heglu hi lawr y coridor reit handi, gan faglu dros y gath wrth wneud.

"Pwy oedd yno?" Casiwal iawn am rywun sydd newydd droi'i throed.

"O, jyst hen ffrind yn methu penderfynu ynglŷn â rhyw job newydd..."

"O? Pwy 'lly?"

"Neb wyt ti'n nabod..."

"O... wel, mi fyddai'n dod i'w nabod o rywdro ma' siŵr, yn byddaf?"

"Hi."

"O, hi... a be di'i henw hi?"

"Karen."

"Karen? Ond o'n i'n meddwl mai Karen oedd dy ecs di?"

"Ia, dyna pwy 'di hi."

Mae 'na don o ddŵr oer yn torri drosta'i.

"Ocê. Gad imi gael hyn yn strêt. Dwi newydd adal fy

ngŵr, fy nhŷ a hannar fy eiddo, wedi dad-wreiddio fy merch o'r cartra lle'i magwyd hi, a hynny er mwyn dod i fyw efo dyn sy'n cael sgyrsia ffôn cyfinachol efo'i gyngariad. Cyn-ddyweddi, os dwi'n cofio'n iawn. Grêt. Blydi grêt."

"Hei, hang-on am funud. Hi ydi'n ecs i. Dan ni wedi gwahanu ers blynyddoedd. Dan ni i gyd yn oedolion, a dwi'n disgwyl iti fyhafio fel oedolyn lle mae Karen yn y cwestiwn. Dwi'n gorfod diodda chdi'n ffonio Dils bob munud yn dydw, heb sôn am fynd 'nôl i'r tŷ ato fo – dwi ddim wedi deud dim byd am hynny, naddo?"

"Argian fawr, ma' hynna'n wahanol siŵr iawn – ma' Dils yn dad i Anni, ac mae'n rhaid imi gadw mewn cysylltiad efo fo er ei mwyn hi, ti'n gwbod hynny!"

"Medda chdi Leri, medda chdi…"

"Aron!" Be uffar mae o'n feddwl wir? Dydi o rioed yn meddwl bod na rwbath rhyntha'i a Dils o hyd?

"Dyna ti, ti'n gweld, ti'm yn licio pan dwi'n dechra mynd yn baranoid nagwyt? Felly paid a bod yn baranoid am Karen, ocê? Dwi'n dy garu di – chdi, Anni a neb arall…" Ac mae o'n plannu cusan fawr ar dalcen Anni a finna.

Callia Leri, callia wir, cyn iti neud cawlach arall. "Sori…" Ma'n rhaid imi stopio bod mor blentynaidd. Chwara teg i Aron, mae 'di bod yn newid byd iddo fynta, a'r peth lleia fedra'i neud ydi'i drystio fo. Mae'n rhaid bod ganddo fo dipyn o feddwl ohona'i os ydi o'n fodlon derbyn fi ac Anni i'w dŷ, a bob dim sy'n dod yn ein sgil ni. Does na'm lot o ddynion fydda' isho perthynas efo rhywun sgen fabi, heb sôn am y bagej (emosiynol a fel arall).

"Ma'n iawn… ti dan lot o straen. Yli, cer di i gael dy hun yn barod, na'i chwara efo Anni."

"Ti'n meindio?"

"Nacdw siŵr iawn – tisho fi roi te iddi hi hefyd?"

"Aron, ti'n blydi seren!"

"Twinkle," medda fo, gan agor a chau ei ddwylo. Clown.

Pennod 22

Roedd 'na adeg pan roedd 'gwneud fy hun yn barod' yn joban ddwy funud. Lluchio rhyw bâr o jîns tynn neu drowsus duon amdanaf. Top fach dena, bŵts sodla, ac mi fyddwn i'n barod am y rwtin colur-a-gwallt a gymerai, w, bum munud i'w gwblhau? Bellach mae hi'n Wyddfa o dasg. Trio'r trowsus yma a'r trowsus arall, pendroni, ffidlan, tynnu 'mol i mewn, rhoi sodla uchel, sodla uwch, ond na, mae nghluniau'n dal i edrych fel dwy rholsyn o bwdin gwaed yn y trowsus sidan du. Damia. Jîns ta, efo top hir. Hmm. Fy mronnau'n edrych fel un shilff yn hwnna, ond unrhyw beth tynnach yn dangos fy mol. Damia eto. Be am top fach gweddol o dynn, efo crys llac drosto fo... ia, go lew. Dwi'n plygu i wisgo fy sgidia, ac mae botwm ucha'r trowsus yn hedfan drwy'r awyr gan pingio yn erbyn y cwpwrdd. Damia las! Be ddigwyddodd i'r difôrs deiet mae pawb yn sôn amdani? Y selebs rheiny sy'n colli stôn ar ôl stôn ar ôl gwahanu? Ai fi di'r unig un sy'n mynd i fyta pan mae na greisus? O ffling i ffrae i'r ffrij, dyna hanas 'y mywyd i erioed, myn uffar i.

Dwi bron â sortio fy nillad, pan dwi'n clwad Anni'n dechra swnian. Ddalith Aron fawr hirach mae'n siŵr, a finna heb ddechra ar fy ngwallt na 'ngholur.

"Tria *Cbeebies*…"

"Mae o 'mlaen gen i'n barod!" Yndi, mae o'n dechra swnio'n stressed.

"Bron â gorffen…" Mae'r swnian yn troi'n grio. Druan o Aron. Ac ar nos Sadwrn hefyd.

"Ti'n gwbod lle mae'i dymi hi?" Dwi jyst yn clwad Aron uwchben y gweiddi.

Cwestiwn da, a nacdw ydi'r ateb. "Tria'r gegin!" Tawelwch. Dwi 'di bod yn trio mynd a'r corcyn oddi arni, ond efo'r holl boitshio sy' 'di bod ar ei bywyd bach hi'n ddiweddar, mae hynny 'di mynd ar y bacbyrnar bellach. Gneud i gau ceg rhieni Dils o'n i'n fwy na dim beth bynnag, a'r holl bobol fusneslyd yna mewn archfarchnadoedd sy'n meddwl bod ganddyn nhw dragwyddol heol i ddeud wrthoch chi sut ma' magu'ch babi. "Ww, ma' hi'n licio hwnna dydi? Well i chi dynnu fo o'na rŵan, neu fydd o genni hi'n chwech oed 'chi… wn i am un hogan fach…" Bla bla bla. Horyr sdoris am ddannadd cam, plant yn methu siarad, ac un hogyn bach oedd isho ca'l licwideisio'i fwyd i gyd a fynta'n dair oed. Dydi Aron ddim yn medru gweld y corcyn yn unman, felly mae'n debyg bod fy chwe munud o me-time ar ben.

Dipyn bach o wrid a masgara, a bydd rhaid i hynny wneud y tro. A 'ngwallt i? Wel mi fydd rhaid i hwnnw sychu'n naturiol. A dydi naturiol byth yn beth yn da. Dwi'n carlamu lawr y grisia fel mae cloch y drws yn canu (mi brynodd Aron un, ar ôl imi haslo dipyn bach. Gas gen i bobol yn gorfod bangio) ac mae Aron ac Anni flin yn mynd i ateb. Mi ddylwn fod wedi disgwyl rhyw giamocs fel hyn yn hwyr neu'n hwyrach, a dwi'n gwbod cyn cyrraedd y pasej mai Dils sy na, 'di dod i inspectio cartra newydd ei ferch. Debyg mai dyna fyddwn inna'n 'i neud hefyd, ond pam mynd o lech i lwyn? Pam ddim jyst deud, yli Ler, dwisho dod i jecio nad ydach chi'n byw mewn tŷ unnos llawr pridd ac yn rhannu gwellt eich gwely efo'r geifr? Ond "haia, wedi dod i nôl Anni ydw i, sbario siwrna i chdi" mae o'n ddeud, a hynny wrtha' i, heb hyd yn oed gydnabod bodolaeth Aron. "Ydi'i phetha hi'n barod?" medda fo wedyn, a dwi'n mwmian rwbath am byjamas a chwpwrdd êrio cyn diflannu i'r cefna. Mae Anni gan Dils erbyn imi ddod nôl. "Ga'i ddeud ta ta wrthi hi?" Gofyn caniatad wir, be sy'n bod arna'i. Dwi'n agor fy mreichiau i'w derbyn, ond pwyntio top ei phen ata'i wna Dils. Dwi'n plannu cusan rhwng ei chydynnau, gan gau'n llygid a thrio rhoi'i hogla hi ar gof a chadw am y noson.

"Reit te, welwn ni chi yn y bora, ia?" medda Aron, mewn llais pren.

"Ta-ta cariad..." medda fi wrth Anni, sydd yn sbecian dros ysgwydd Dils. "Dwi'n dy garu di..." Dwi'n sefyll yno'n gwylio Dils yn rhoi hi yn ei set. Mae o'n fodia i gyd o hyd... ond yndi, mae o'n cofio tynhau'r strapia a rhoi'r darnau llydan dros ei hysgwyddau. Ac i ffwrdd â nhw i lawr y stryd. Dwi'n dal yna efo llaw lipa yn yr awyr ar ôl i'r car ddiflannu, ac mae Aron yn fy hebrwng i mewn fel hen wreigan sy' 'di dechra colli'i phwyll.

"Ti'n edrych yn grêt!" medda Aron, gan godi 'ngwyneb i i dderbyn cusan. Dwi ar fin deud rwbath am seis fy nhin yn y trowsus yma, ond yn penderfynu derbyn compliment heb gega am unwaith.

Mae'r bwyty mae Aron wedi'i ddewis yn glyd a

soffistigedig ar yr un pryd – jyst y math o le dwi'n licio. Dwi'n gwenu'n hunanfodlon wrth gerdded mewn, gan weld ambell i hogan yn troi i edrych ar Aron, sydd yn edrych yn arbennig o bishynaidd heno, mewn crys llac a throwsus golau. Bwrdd bach yn y gongol, potel o win, bwydlen llawn dychymyg, ac ma' petha'n argoeli'n dda. Dwi'n bwrw iddi efo'r gwin, gan fwynhau'r nofelti o fod allan ar ddêt. Mae'r lle'n llawn cypla, a dwi'n trio dyfalu pa rai sgen blant. Ambell i fobeil allan ar y bwrdd yn gwitshiad galwad gan y sitar, ella... amball i hogan yn tynnu cardigan yn hunanymwybodol dros ei bol, neu'n ffidlan efo godra'i thop. Un ferch yn pasio llun at hwn a'r llall ar ei bwrdd hi – llun o'r plant, mi fentra'i. Ond pawb arall yn rhy drwsiadus, yn rhy ffasiynol, yn rhy dena ac yn rhy blydi ifanc i fod yn rieni i neb.

Erbyn i'r prif gwrs gyrraedd, dwi 'di meddwi braidd, a phob archwaeth bwyd wedi diflannu mwya sydyn. Mae'r Green Thai Curry yn edrych yn fendigedig, ond mae'r cegiad cynta'n troi arna'i, a dwi'n ama am funud mod i'n mynd i fod yn sâl.

"Di yfad yn rhy sydyn ydw i..." medda fi wrth Aron, sydd dipyn bach yn big 'mod i'n troi'n nhrwyn ar ffasiwn wledd, a hynny yn ei hoff fwyty.

"Mother's ruin maen nhw'n ddeud, ddyla ti watshiad dy hun..."

"Jin di hwnnw, ddim Chardonnay siŵr!"

Dwi'n temlo fel hogan fach fwya sydyn, ac yn trio byta rhywfaint o'r cyri gan gymryd arna'i 'mod i'n ei fwynhau. Blydi hels bels, Ler – fedri di ddim gorffan noson arall efo Aron yn chwdu dy gyts wir Dduw, fydd o'n meddwl bod na gnoc arna chdi! Dwi'n llwyddo i wneud twll bach yn y cyri, gan wthio'r gweddill at Aron.

"Llgada'n fwy na dy fol di, am unwaith!"

Be ma' hynna fod i feddwl? Ond chwerthin ydw i – ddim isho iddo fo feddwl mod i'n baranoid. Ac mae o'n iawn, prun bynnag. Dwi wedi rhoi pwysau yn ddiweddar, er imi drio cadw llygad ar betha. Mi hola'i Olwen wsnos nesa am y busnas pwyntia WeightWatchers yna. Ma' Olwen di colli bron i ddwy ston...

"O'n i'n meddwl ella gwahodd Ses acw..." medda fi, rhwng dau lymad o ddŵr bybls.

"O'n i'm yn meddwl dy fod ti'n gneud efo hi bellach."

"Wel dydw i ddim, ond isho sortio petha ydw i, a meddwl mai'r ffordd ora fydda iddi ddod i dy nabod di'n well, a gweld pa mor hapus ydan ni efo'n gilydd..."

"Dwn 'im."

"Pam, 'lly?"

"Wel doedd hi'n fawr o gefn iti tra oeddat ti'n mynd drw'r drin efo Dils nagoedd? Ti'm angan ffrindia fela sdi... ffri-lodar."

Ella bod o'n iawn hefyd. Ma' Ses di bod yn ddiarth. Ond wedyn, does gen i'r un ffrind fatha hi, neb sy'n gneud imi chwerthin fel roedd hi'n medru gneud. Neb sy'n dallt fel roedd hi'n dallt, a neb sy'n fy nabod i gystal. Ond ma' gen i Aron rŵan, a rhwng gwaith ac Anni a fo – heb sôn am Mam a Rhian, fydd gen i fawr o amsar i ddim byd arall.

"Dio'm ots gen i iddi warchod, cofia!"

"Be, gwarchod Anni?"

"Ia, fydd Dils ddim isho gneud pob nos Wenar a nos Sadwrn, fydd o? A fyddan ni isho mynd i ffwrdd jyst ni'n dau a ballu, byddan?"

"Dwi'm yn gwbod, dwi'm di meddwl am betha felly... ac eniwe, fyddan ni'm yn mynd allan bob wicend, na fyddan?"

Allan bob nos Wenar a nos Sadwrn, mynd i ffwrdd jyst y ddau ohonan ni? Argol, fyddai'n colli nabod ar Anni!

"O'n i'n meddwl y bydda ti'n falch o'r cyfle... Tasat ti a Dils di gneud mwy efo'ch gilydd fel cwpwl, ella na fyddach chi wedi gwahanu... Dwi'n uffernol o falch eich bod chi wedi gneud, paid â 'nghael i'n rong, ond ti'm isho i'r un peth ddigwydd i ni, nagwyt?"

"Nacdw siŵr iawn! A dwi'n siŵr fydda Ses wrth ei bodd yn gwarchod, na'i ofyn iddi ddod acw am tecawe neu rwbath ta ia?"

"Hmm, wedi meddwl, Rhian fydda ora' ella. Ma' hi'n perthyn i'r hogan fach wedi'r cwbwl dydi, a ti'm isho rywun rywun yn edrach ar 'i hôl hi nagoes...?"

Chwara teg iddo fo am fod mor ystyriol, er, dwi'n siŵr fydda Ses yn cael hwyl dda ar warchod Anni. Ond ia, Rhian fydda ora, a hitha'n fodryb iddi, yn enwedig os 'dan ni'n sôn am fynd i ffwrdd am benwythnos a ballu. Argian, dwi'm yn meddwl bod Dils a fi 'di bod i ffwrdd heb Anni erioed... mae'r peth yn codi ofn arna'i braidd, ond mae Aron yn iawn, mae'n bwysig rhoi sylw i'r berthynas, ddim jyst y babi, yn enwedig perthynas mor addawol â hon. Dwi'n benderfynol o beidio ffwcio fyny tro 'ma' – mae Aron yn hollol ffan-blydi-tastic, a does na neb na dim yn mynd i gael dod rhyngthan ni. No wê. Dan ni'n deulu rŵan, a does na ddim byd yn mynd i ddifetha hynny.

Mae'n od mynd 'nôl i dŷ di-Anni, a dwi'n cael fy nhemptio i ffonio Dils i neud saff bod bob dim yn iawn. Ond fel ma' Aron yn 'i ddeud am trydydd tro heno ma, mi fydda fo'n ffonio fi tasa na broblam, a'r peth ola fyddwn i isho gneud fysa deffro Anni os ydi hi'n cysgu. Na, bore fory ddaw, ac yn y cyfamser, dydi noson Aron a finna'n bell o fod ar ben…

Mae'r set brasiar-a-nics newydd o Marks werth bob ceiniog o'r wyth-blydi-bunt-ar-hugain y rhois i amdani, ac Aron yn llawn edmygedd o'r sidan lliw hot-pinc a'r les chwaethus. Sdim byd fatha dillad isa secsi i roi hyder i rywun yn y gwely, a dwi'n ymollwng yn llwyr i rhythm ein caru. Hepian cysgu yn ei gesail o ydw i wedyn, pan mae o'n deud andros o beth od.

"Be ti'n feddwl o'n secs-leiff ni?" medda fo, a finna'n hannar breuddwydio.

"Blydi grêt, pam?"

"Wel, dwi'n meddwl y galla fo fod yn well…"

Be ffwc ma' hynna fod ni feddwl? Dwi'n shifftio allan o'i gesail o reit handi, gan godi'n hun i fyny ar un benelin.

"Wel diolch yn fawr iawn!"

"Naci naci," medda fo gan droi ata'i. "Paid â chymryd bob dim mor ddiawledig o bersonol 'nei di? Nid da lle gellir gwell a ballu ynde…"

"Ond dwi newydd ddeud mod i'n hollol hapus efo petha fel maen nhw, felly mae'n amlwg nad wt ti ddim, so c'mon, deud wrtha'i… be di'r broblam? Rhy shei, rhy dew, dim digon o mŵfs? Be sy'n bod arna i?"

Ma'r gwin drud yn dechra siarad rŵan, a dwi 'di codi ar fy ista, gan ymwrthod yn bwdlyd â phob ymgais gan Aron i'n nhynnu fi ato fo.

"Leri, paid â bod fel hyn… ma' hi'n ddyddia cynnar arnan ni dydi, paid poeni am y peth, ocê? Ti'n blydi gôjys, ti'n gwbod hynny, a ti'n beth fach boeth iawn yn y cae sgwâr, ond jyst deud ydw i bod hi'n bwysig bod ni'n onast efo'n gilydd, ac yn gallu siarad yn agorad am betha, ocê? Ty'd yma…"

A dwi'n gadael iddo fo'n nhynnu fi ato fo. Dwi'n teimlo wedi nghlwyfo, ond dwi'm yn siŵr pam. Un o'r petha dwi'n licio fwya am Aron ydi'i allu i drafod ei deimlada – rwbath prin fel aur mewn dynion o 'mhrofiad i, felly pam mod i'n teimlo'i fod o wedi rhoi peltan imi? Trio helpu oedd o siŵr iawn, agor cil y drws ar y petha bach personol er mwyn i mi fedru deud os oes na rwbath yn fy mhoeni i ynde, dyna i gyd. Ond am ddrws i'w hagor, a sôn am biso ar 'y nghoelcerth i yn y fan a'r lle! Dwi'n gorweddian yn studio'r artecs llychlyd ar y nenfwd, gan droi ein sesiwn garu mŵf am fŵf, cyffyrddiad am gyffyrddiad, cusan am gusan yn fy mhen. Ella bod degawd a mwy efo'r un dyn wedi deud arna'i yn y gwely, ond rargian, tydi hynny 'mond yn naturiol? Er gwaetha pob ymdrech i roi geiria Aron i gefn fy meddwl, dwi'n troi a throsi am oria' yn yr hannar tywyllwch, yn clustfeinio am sŵn gan Anni, cyn cofio nad ydi hi yno. Fyddwn i'n gneud rwbath i'w chodi hi ata'i rŵan, a hel cysur ganddi yng ngwres y gwely. Brysied y bore, myn uffar i.

Pennod 23

Fore Llun, ac mae stori Andrew mewn du a gwyn. Ych-a-fi, sôn am wneud imi deimlo fel mynd i gael bath a sgwrio'n hun yn iawn. Nid jyst y print du ar fy mysidd sy'n gneud imi deimlo'n fudur, ond mae gweld llun y bychan penfelyn yn gwenu arna'i o ganol y dudalen yn dod â'r cyfan yn ôl.

"Da iawn, prowd ohona chdi..." medda Aron, gan fwytho mhen-ol i wrth fynd heibio. Da bod rhywun yn browd o'r ffasiwn dresmasu emosiynol. Dwi'n cael pwl o bendro, ac yn gorfod gafael yn ymyl y ddesg. Ma' na smotia gwynion o flaen fy llygid, a fel mae'r eira'n clirio, dwi'n sylweddoli bod Ses yn gafael amdana'i.

"Ti'n iawn? Blydi hel, ti'n wyn fatha shitan!"

"Mmmm!" medda fi, gan bwyntio'n desbret at fy ngheg, sydd yn prysur lenwi efo beil sur.

"Shit, ty'd reit handi wir..." ac mae Ses yn fy hebrwng ar ras at y toileda, gan ddal fy ngwallt yn ôl wrth imi ddeud helo-haw-ar-iw wrth yr hyn a ddisgrifiwyd yn groissant fyny grisia bora 'ma. Roedd y blydi thing yn gwenu arna'i o ganol ei chwys ei hun, ac ar ôl y fath benwythnos alcoholaidd, roedd fy angen am carbs yn ddirfawr.

"Blydi cantîn," medda Ses. "Ma isho hel Gordon Ramsey yna i godi helynt a chau'r lle lawr wir! Dwi di gweld dwylo glanach gan lowyr!"

Pwl arall, ac wedyn ista'n sigledig ar dop y bog, gan sychu'r slafan efo cefn fy llaw.

"Dyma'r trydydd tro sdi Ses, ti'n meddwl bod na rwbath mawr yn bod arna'i? Ella bod genna'i gansar y stumog neu rwbath felly... "

"Hisht wir, ti 'di eliminetio'r amlwg, do?"

"E?"

"Ti'm yn pregs, wt ti?"

"Callia!"

"Ti'n siŵr? Ti di bod yn rhoi sach ar y zoom lense?"

"Naddo, ond..."

"Shit Ler, ond be? Dio'm yn well i chdi neud test, dŵad?"

"Rargol, hold on Barry John, prin bod Dils a fi yn cael secs erbyn diwadd, ac er bod Aron a fi di bod reit shag-hapi, newydd roi gora i fwydo dwi – di 'mhiriyds i byth di cychwyn 'nôl hyd yn o'd!"

"Ia, ond ti'm yn cal piriyds pan ti'n ffwcin disgwl chwaith, nagwt – cofio? Cast ior meind bac – chdi'n offlodio dy Lil-lets i gyd arna'i ar ôl llenwi dy bopty efo

Anni! Hiyr wi go agen, ia? A pwy fysa'r tad? Ti'n gwbod hynny hyd yn oed?"

Ma' Ses yn flin, a dwi'n teimlo mor gachlyd nes imi ddechra crio fel yr hogan wirion, anghyfrifol, anaeddfed, ddi-feddwl, benchwiban ag ydw i.

"Be na'i, Ses?"

"Gneud test. Ty'd, awn ni i Boots reit handi, welith Slob mo'nan ni. Ac eniwe, ma'r haul yn codi ac yn machlud yn nhwll dy din di ers y busnas Andrew 'na."

"Paid wir…"

"Na'i ddim. Rŵan ty'd, wir Dduw! Ti'm isho i Aron dy weld di fel hyn, nagwyt?"

"Aron… be ffwc ddudith Aron?"

"Congrats, ella?"

Ar y ffordd i Boots dwi'n ffonio Rhian i ganslo'r cinio dwi i fod i'w gael efo hi a Mam. Roedd Aron i fod i ddŵad hefyd i gael y meet-and-greet swyddogol, ond dyna'r peth ola dwisho heddiw. Dwi'n siŵr mai mynd o flaen gofid ydw i, ond fel mae Ses yn 'i ddeud, mae'n well gwbod yn iawn naill ffordd neu'r llall. Yr holl ffordd yno yn Fiat Punto Ses, dwi'n trio cyfri yn fy mhen sawl wythnos sy' 'na ers imi roi'r gora i fronfwydo, a phryd a faint o weithia nes i garu efo Dils wedi hynny. Un peth di bod yn disgwl, peth arall 'di peidio gwbod pwy bia fo.

Mae Ses yn parcio'n flêr yn y Mother and Baby.

"Dipyn bach yn prematiwar, wt ddim?"

"Ma' hi'n argyfwng, tydi? Ty'd, o'ma, cyn inni gael ein clampio."

Dwi'n trio cael sbec bach ar y colur Bourjois, ond mae Ses yn fy martshio draw at y gongol petha merchaid.

"Argol ma' nhw'n betha drud!"

"Dwi'n gwbod – warish i ffortiwn pan ges i glec efo Anni. Cau coelio, a phrynu un arall ac un arall. Pedwar i gyd, dwi'n meddwl."

"Ti'm yn gall!"

"Do sdi, a dwi 'di'u cadw nhw i gyd hefyd... 'di dechra melynu rŵan wrth reswm..."

"Ych-a-damia! Yli, hwn di'r rhata. Dala' i a wedyn gei di fynd i biso arno fo."

"Be, yn fa'ma?"

"Naci, ar un o'r soffas yn DFS dros lôn, wel ia siŵr iawn yn fa'ma! Tisho gwbod, dwyt? Yli, ma' na bogs cwsmeriaid yn fan'na."

Ma' Ses yn talu ac yna'n hwrjio fi i gyfeiriad y tŷ bach. Ma' 'nghalon i'n curo go iawn rŵan. No we. No we bo' fi'n disgwl. Dydi o ddim yn bosib. Wel yndi, mae o'n bosib, ond mae o'n blydi annhebygol, dydi? Argol, ma' na bobol yn trio am flynyddoedd i gael plant does, yn gorfod cymryd 'u tymheredd bob bora er mwyn nabod y ffenast fechan 'na o gyfla bob mis. Duw duw, tydi hi'n

171

ffwc o job cael babi? Na, stress yr wythnosa dwetha sy di deud arna'i siŵr. Argol, fydda fo'n deud ar unrhywun, yn bydda? Ma' nhw'n deud tydyn, bod gwahanu a symud tŷ ymhlith y petha mwya stresffwl newch chi mewn oes, a tydw i 'di gneud y ddau beth o fewn trwch plisgyn rhech i'w gilydd?

"Reit, ar y pan!"

Ma' Ses yn estyn y ffon fach blastic imi, a mwya sydyn dwi'n cael pwl o biffian chwerthin.

"Ma hyn yn atgoffa fi o fod yn toilets y chwechad stalwm sdi. Pawb yn sefyllian ar ben caead y bog yn cael smôc, fel nad oedd 'na mond un pâr o draed i'w gweld o dan y drws..."

"Doedd yr holl fwg ddim yn dipyn bach o gif-awe, 'lly? Yli, ti'n meddwl fedri di neud rwbath ar hwn, ta tisho mi fynd i brynu diod i chdi?"

"Na, dwi'n meddwl fedra'i wasgu dropyn bach allan sdi... ia, copsan gafon ni, a Moi Mwnc yn mynd ohoni'n lân. Dwi'n siŵr bod o 'di cal strôc yn fuan wedyn... cradur."

"Oes 'na rwbath yn dod?"

"Witshia... oes..."

"Hold in mid-stream urine... dalia fo'n llonydd wir Dduw, sbia wastio wt ti... for at least 5 seconds... ocê, un, dau, tri..."

"Fedrai'm gneud dim mwy..."

"Ty'd inni weld…na, ma'n ocê, mae o'n gweithio, sbïa…"

"Ffwc, dwi'm isho sbïo wir." Ma'n stumog i'n troi eto.
"Faint dan ni'n goro gwitshiad?"

"Tri munud." Ma' Ses yn studio'r ffenast fach fatha barcud.

"Weli di rwbath?"

"…un lein… be 'di hynny?"

"Ddim yn disgwl – diolch byth am hynna, ty'd, inni gael mynd o'r blydi lle 'ma…"

"Tri munud ma'n ddeud… aros… shit…yli…"

"Be?"

"Lein arall…"

"Paid â malu cachu, ty'd ag o yma…"

Ond dydi Ses ddim yn malu cachu. Dydi hi ddim yn malu cachu o gwbwl. Dwy lein. Un yn wanach na'r llall, ond dwy lein. Déjà-vu ôl ofyr agen, fel ma'n nhw'n ddeud. Ond y tro yma dydw i ddim yn wraig briod hapus mewn perthynas sefydlog a thri-bedrwm-semi. A dydw i ddim hyd yn oed yn gwbod pwy 'di'r tad. Tydw i'm ffit. Ma' Ses wedi mynd mor wyn nes ei bod hi'n dechra blendio mewn efo'r walia. Daw rhywun â phlentyn bach i mewn i bî-pî, a dan ni'n dwy yn dal ein gwynt fel tasan ni'n gneud rhyw ddryga mawr. Mae'n teimlo fel oria wrth i'r fam drio perswadio'r fechan i ista ar y sêt, gneud 'i busnas, sychu'i ffwff ac ail-glymu pa

173

bynnag ddilledyn anymarferol sydd ganddi amdani, ac yna mae'n ffeit i drio'i chael hi i olchi'i dwylo. Sôn am swnian a styfnigo. Ydi pob plentyn bach felly dwch? Fydd Anni fel'na mewn blwyddyn? Blydi hel, sôn am yrru rhywun i roi'i ben yn popty. DIO'M OTS AM 'I BLYDI DWYLO HI! dwi'n teimlo fel gweiddi. BE 'DI DIPYN BACH O JYRMS? Ond maen nhw'n mynd diolch byth, a dwi'n troi at Ses.

"Reit. Ma' rhaid imi gael aborshyn. Rŵan."

"Slo down rŵan, Ler. Jyst di cael shoc wyt ti. Ty'd, a'n i am banad i rwla a cael thinc bach."

"Thinc? Tydw i'm isho cael thinc! Os na'i hynny fydda'i 'di dechra meddwl petha gwirion, a coelia di fi, dydi hynny ddim yn syniad da. Aborshyn rŵan, dyna di'r peth gora."

"Ond Ler, ti'n casàu aborshyns! Ti'm yn coelio ynddyn nhw!"

"Ia, ond o'dd hynna cyn imi gael fy hun i'r ffasiwn gachfa, doedd. Ac eniwe, ga'i newid fy meddwl, caf? Ty'd – inni gael ffendio clinic."

"Nawn nhw'm rhoi aborshyn i chdi yn y fan a'r lle prun bynnag Ler, ma' rhaid i chdi gymryd amser i feddwl am y peth."

"Ai'n breifat. Ga'i neud fel licia'i wedyn."

"Na chei sdi, ma' nhw gyd yn mynnu dy fod ti'n ystyried yn iawn…"

"Sut bo' chdi ffasiwn awdurdod eniwe?"

"Achos bo fi di cael blydi aborshyn, ocê?"

Dan ni ganol y siop erbyn hyn, ac mae na ddwy hen ddynas yn troi i sbïo arnon ni fel tasan ni'n fflemsan ar waelod esgid.

"Ar be dach chi'n sbïo?" medda fi wrthyn nhw'n wyllt. "Mygu babis bach efo clustog oeddan nhw yn eich dyddia chi – dio'm lot i fod yn browd ohono fo nadi?"

Mae'r ddwy yn troi i ffwrdd gan dwt-twtian ar ei gilydd, ac mae Ses yn fy nhynnu i am y parcing. Mae na hogan mewn people-carrier a llond y ffenestri o betha cysgodi babis rhag yr haul, yn gwitshiad amdanan ni efo'i hazards a'i llygid yn fflachio. Ddim rŵan, blodyn, ddim rŵan, ocê?

"Oi! Where's your baby?" medda'r jadan ddanheddog, a'i phlant plaen yn sbïo fel lloua drwy'r mesh llunia Winnie the Pooh. "I've been waiting nearly twenty minutes to park – can't you read? It's a mother and baby parking space, and YOU haven't got a BABY!" medda'r gotsan yn smyg i gyd.

"Not iet, ella..." medda Ses dan ei gwynt tra'n agor y car. Dwi'n agor fy ngheg i ddeud rwbath clyfar am beryglu dyfodol ein plant ni gyd efo'i blydi Chelsea tractor, ond dwi'n ail-feddwl a chodi bys canol arni yn lle hynny.

"Wyddwn i ddim dy fod ti 'di cael erthyliad, Ses..."

"Ia, wel... ifanc a gwirion a ballu..."

175

"Ond ti'm yn difaru ma' siŵr?"

Dydi Ses ddim yn atab am funud, a diawl, dwi'n gweld y dagrau'n pigo'i llygaid wrth iddi sbïo heibio imi tra'n rifyrsio.

"Yndw a nadw sdi, ond dyna fo, ti'n gneud dy benderfyniada dwyt…"

"Ses fach… sori am fynd on fel'na yn y bogs…"

"Argol, paid ag ymddiheuro siŵr, dy greisus di 'di hwn, ma'n un i'n hen hanas."

"Ydi o?"

"Shish rŵan. So, pa un ti'n recno di'r tad?"

Pennod 24

Ar ôl diwrnod o stwna ac osgoi gwaith a phobol, dwi'n casglu Anni'n fuan a rhoi'r ffôn ymlaen i wrando ar fy negeseuon. Pum negas newydd… un gan Rhian, yn gwahodd fi, Aron ac Anni acw am bryd o fwyd heno… un gan fy nhwrna… damia, roedd genna'i gyfarfod heddiw i fod, i drafod y tŷ ac ysgariad a ballu…shit, mae hi'n swnio'n reit biwis… un gan Dils yn holi am Anni… un arall gan Rhian… ac un gan Mam yn holi os ydw i'n ocê.

Ma'r traffic rhwng y feithrinfa a thŷ Aron yn ddiawledig, a dwi'n ista'n hel meddylia tra'n gwylio Anni yn nrych y car. Be fydda cost Bobol Bach i ddau blentyn? Ddwywaith cymaint â'n morgej i, myn uffar i. Hisht Leri, paid hyd yn oed MEDDWL am y peth. Fydda dau blentyn yn medru rhannu'r bocs-rwm yn nhŷ Aron? LERI! FFOR FFYCS SÊCS! Fedrwn i fyw yn normal efo Aron gan wbod 'mod i'n ansicr o bwy di'r tad? DIGON! DIGON DIGON DIGON!

Am lanast. Argol fawr, ma' isho berwi 'mhen i. Dwi'n hogan yn fy oed a'n amsar, myn uffar i, yn dallt y dalltings am betha'r byd. Dwi'n gwbod yn iawn bod isho bod yn ofalus ar ôl gorffan bwydo, a bod modd cael clec tro cynta cyn cael misglwyf. Duwcs annwl, tydw i di darllan digon am betha fela mewn magasîns? Tydw i'n gwbod yn iawn mai unwaith mae o'n gymryd, a bod isho mynd 'nôl ar y bilsan yn syth ar ôl rhoi'r gora i frestio? Iwsio condom o leia! Nes i'm hyd yn oed crybwyll wrth Aron y dylia fo fod yn gwisgo un, na Dils chwaith ran hynny. A nath na'r un o'r ddau gynnig, wrth reswm.

Erbyn imi gyrraedd y rowndabowt wrth ymyl stryd Aron dwi di penderfynu mai gadal i betha fod am gwpwl o ddyddia di'r peth gora, i weld os golla'i o. Ma' un ymhob pedwar beichiogrwydd yn colli yn yr wythnosau cynta dydi, a dwi di bod yn yfad fel ych drwy penwsos dwytha, felly 'cha'th o mo'r dechreuad gora, cradur bach. Mi gymrith ddiwrnod ddau imi gael apwyntiad doctor, felly does na'm pwynt mynd i boeni'n wirion a finna'n methu gneud dim byd am y peth. Canolbwyntio ar betha efo Aron 'di'r peth pwysig, a setlo Anni'n iawn. Yn y bôn dwi di gneud peth braidd yn fyrbwyll yn symud mewn mor sydyn at Aron, ond dwi'n siŵr y down ni drwyddi'n iawn, ac y byddai'n diolch yn y diwadd bod 'na rwbath bach yn ecsentric yn perthyn imi sy'n peri imi neud y petha gwiron 'ma. A sortiai'r busnas babi ma' un ffordd neu'r llall. Os mai erthyliad fydd isho, wel dyna ni ynde. Duwcs, tydi o'n beth digon cyffredin dyddia yma. Dim byd i fod â chwilydd yn 'i gylch. Dyna Ses! Wyddwn i byth bod honno di ca'l un. Ma' siŵr bod hannar genod yr offis di cal nhw hefyd. Rhyw fymryn o dabled ydi o bellach ynde? A dio'm fatha bod o'n fabi go iawn... ddim fatha Anni. Faint fyswn i 'di mynd? Chydig wsnosa? Dipyn bach mwy ella, os mai Dils sy bia fo. Ond casgliad o gelloedd, dyna'r oll ydi o. A dydi Anni ddim isho brawd neu chwaer rŵan siŵr iawn – prin bod hi'i hun yn cael digon o sylw, heb imi roi rhywun arall ganol y cawdel i dynnu mwy fyth ohono fo oddi arni. Ac ma' Aron yn dotio at Anni – 'di cymryd ati fel ei ferch o'i hun.

Y peth ola dwisho ydi iddo fo gael ei fabi'i hun ac Anni druan yn ail-feiolin... Na, gadal i Aron ac Anni'n fondio'n iawn, a chreu teulu bach dedwydd i'r tri ohonom, dyna 'di'r peth gora.

Mae Aron yn agor y drws inni yn wên o glust i glust – ew, mae'n braf cael y fath groeso!

"Ma' gen i sypreis i chi!" medda fo, gan daro glasiad o win i'n llaw rydd i.

"Argol, ma'r croeso tywysogaidd yn ddigon o sypreis imi, siŵr!" medda fi, gan ddal y gwin uwch fy mhen, allan o gyrraedd Anni a'i dwylo hafing.

"Ty'd fyny grisia..."

"Aron! Ma' Anni yma!"

"Naci'r sglyfath, ty'd – ma' genni rwbath i ddangos i chdi... wel, i Anni rîli..."

Dwi'n llawn chwilfrydedd wrth ei ddilyn i fyny grisia ac i lawr y coridor hir i'r sdafall fach ym mhen pella'r tŷ. Duwcs, ma' enw Anni ar y drws mewn llythrenna pren bob lliw. Mae o'n agor y drws efo "da-ra!" hunan-fodlon, a dwi'n sbïo i mewn. Mae o 'di clirio'r holl sdwffiach a bocsus oedd wedi bod yno ers blynyddoedd, ac wedi peintio'r walia'n bebi-pinc. Mae trafyl-cot Anni wedi cael ei symud o'n llofft ni ac i gornel y stafall yma, a'i thedis hi wedi'u gosod ar y glustog. Mae 'na ryg siâp blodyn ar y llawr, ac amball bostar hwiangerddi ar y wal.

"Be ti'n feddwl?" medda fo, jyst â byrstio mae o mor falch ohono'i hun.

"Be, di hi fod i gysgu fa'ma, 'lly?" Dwi'n gosod y gwin ar un o'r shilffoedd gwag, a gafael yn dynn yn Anni.

"Wel ddim heno wrth reswm, ma' na ormod o ogla paent, ond ia, ei stafall ei hun! Hen bryd iddi ga'l un, dydi?"

"Isho cael ei gwarad hi wyt ti mewn geiria erill, ia?" Y nofelti di gwisgo'n barod, ydi o? A finna'n meddwl bod petha'n mynd yn dda...

"Be ti'n feddwl? Jyst lawr y coridor fydd hi! A dim ond yn y nos! Argol, tydi hi efo ni bob munud fel arall!"

"A be, ti'm yn licio hynny? O wel, rown ni gôt o baent i'r sied yn yr ardd hefyd ia, a geith hi fynd i fanno'n dydd!"

Ew, tydan ni'n cael y gwir i gyd rŵan! Be ddoth dros fy mhen i'n meddwl am eiliad y gallasa hyn i gyd weithio? Breuddwyd ffŵl, os fuo 'na un erioed!

"Ddim dyna ddudish i siŵr iawn! Hels bels, Ler, o'n i'n trio gneud rwbath neis i Anni er mwyn ei gneud hi'n gartrefol yn ei thŷ newydd, ond mae'n amlwg na ddylwn i fod wedi boddran! Iawn, dim probs..." ac mae o'n dechra tynnu'r posteri lawr mewn tempar. Ond mae 'niwl coch i'n cilio, a dwi'n dechra difaru bod mor gyhuddgar.

"Paid, Aron..."

"Paid be? Paid trio gneud y peth iawn achos waeth iti heb, ia? Wel dwi'n gwbod hynny rŵan tydw!"

Diawl, mae o 'di cymryd ato go iawn. Ella mai jyst trio bod yn glên oedd o wedi'r cwbwl ... rêl fi yn troi'r drol, a hynny heb isho.

"Plîs… sori am fod yn anniolchgar… dwi jyst… wel, ma' Anni 'di cysgu yn yr un llofft a Dils a finna ers iddi gael ei geni sdi, ac o'n i am gario mlaen felly tan bod hi'n flwydd…"

"Ti'n meddwl bod hynny'n beth doeth?"

"Be ti'n feddwl?"

"Ma' pawb angen 'u preifatrwydd sdi, hyd yn oed Anni… ti'm yn meddwl y bydda hi'n cysgu'n well tasa hi ddim yn cael 'i styrbio gennon ni rownd y rîl?" Mae o'n wincio arnai'n awgrymog.

"Dwi'm di meddwl…"

"Ac mi fydda fo'n well i ni yn bydda… ti'n cofio'n sgwrs fach ni bora ddoe? Ma'n hen bryd iti gael dipyn bach o amsar i chdi dy hun Ler, ti'n rhedag dy hun i'r llawr…"

"Ond mi fydd hi mor bell i ffwrdd…"

"Ma' gen ti un o'r petha clwad 'na yn does?"

"Oes…"

"Wel 'na chdi ta… os fydd hi'n crio mi fyddi di'n ei chlwad hi, yn byddi…"

"Byddaf, am wn i…"

"Dyna ni ta. Nos fory amdani, ia?"

"Ia… ocê."

Ma'n ffôn fach i'n bip-bipian yn fy mhocêd, a dwi'n estyn Anni at Aron er mwyn darllan y negas. Ses sy na, isho gwbod os ydw i'n iawn.

"Rwbath pwysig?" medda Aron, wrth weld fy ngwyneb i'n cymylu efo atgofion y dydd.

"Na, jyst Ses yn mwydro."

"Ses?"

"Ia, ges i ginio efo hi heddiw." Ia, a'i chwydu o wedyn hefyd.

"O'n i'n meddwl bo chi'm yn ffrindia bellach?"

"Bob dim di sortio, diolch byth..."

"Ti 'di madda 'lly?"

"Madda? Duw, doedd na'm angan madda siŵr..." mae Aron yn estyn Anni yn ôl ata'i ac yn sythu'r ryg efo'i droed.

"Dio'm ots gen ti bod dy honedig ffrind gora ddim am gefnogi chdi a dy gariad newydd pan oeddan ni'n mynd drwy'r felin 'lly?"

"E?"

"Dwi'n ca'l dim byd ond blydi cold shoulder ganddi'n gwaith, a ddudis di dy hun bod petha 'di suro rhyngtha chi'ch dwy..." Mae 'na olwg diarth ar wyneb Aron, hen oerni pell dwi rioed 'di'i weld o'r blaen.

"Poeni amdana'i oedd hi de, ofn gweld fi'n gneud mistêc..."

"Ac wyt ti?"

"Ydw i be?"

"Di gneud mistêc?"

"Wel nacdw, dwi'm yn meddwl... gobeithio ddim wir! Pam ti'n gofyn y petha rhyfadd 'ma?"

"Isho gwbod lle dwi'n sefyll dwi. Dwi'm isho cymryd babi dyn arall ymlaen a wedyn cael y 'ngneud yn dwat..."

"Am be ti'n sôn? Nes i adal Dils i ddod ata chdi am mai efo chdi dwisho bod!"

"Pam bo chdi'n micsio efo pobol sy isho gweld ni'n sblitio fyny ta?"

"Dydw i ddim! A dydyn nhw ddim! Argol fawr Aron, pwy sy di cachu'n dy bwdin di heddiw ma?"

"Jyst paid â gneud mŷg ohona'i, iawn? A gyda llaw, ma' dy fam di ffonio, isho ni fynd draw heno..."

"Be ddudis di wrthi hi?"

"Y bysa ti 'di blino gormod. Nos fory ella, gawn ni weld."

Pennod 25

A dyma hi'n 'nos fory', ac Anni'n mynd i lle Dils eto fel
bod Aron a fi'n cael noson fach sidêt efo Mam a Rhian.
Blydi hel, dwn 'im ai'r beichiogrwydd 'ta meddwl am
orfod chwara hapi-ffamilis sy'n 'y ngwneud i sala'.
Diolch byth bod Aron di dod dros y pwl rhyfadd gafodd
o neithiwr – does na'm byd fel cymodi'n y gwely ar ôl
ffrae. Nid bod hi'n ffrae chwaith, jyst rhyw hen
annifyrwch. Dydan ni ddim wedi cael ffrae go iawn eto...
cyd-dynnu'n rhy dda hyd yma. Ond ma' fory heb 'i
dwtshiad, fel maen nhw'n ddeud. Dwi jyst yn gobeithio
na fydd Rhian yn rhoi gormod o Spanish Inquisition iddo
fo heno, ma'n gas gen Aron bobol yn busnesu. Dan ni'n
hwyr yn cychwyn yn y diwedd, gan fod Aron ar y ffôn
efo'r blydi Karen yna eto. Hi sy'n ffonio fo mae'n debyg,
a fynta'n rhy glên i roi'r hwi iddi. Os byth y bydda i'n
cyrraedd y ffôn 'na a hitha ben arall, fydda' i ddim cweit
mor ffeind...

Erbyn dalld 'i bod hi'n hannar awr dda o siwrna i'r bwyta
bach organaidd, lysieuol, salad-a-sandals ar gyrion dre,
mae Aron yn flin cyn cyrraedd, ac mae'n rhaid deud
'mod i braidd yn pisd off efo'r prosidings, gan fod Mam
unwaith eto wedi mynnu cael ei ffordd ei hun efo bob un
dim. Bod yn 'feddwl agored' ydi mantra mawr mam, ond

184

dwi'n ama weithia mai pawb arall sy'n gorfod bod felly, tra'i bod hi'i hun yn rhydd i hwrjio'i daliada blydi rhyfadd ar y gweddill ohonan ni. Dwn im sut mae Rhian yn gallu diodda rhannu'i fflat efo hi, wir. Mi ddylwn i fod yn ddiolchgar ei bod hi wedi dod yma i 'ngweld i ganol fy llanast, ond rargian, fyddwn i byth wedi danfon yr ebost hwnnw taswn i'n gwbod mai fel hyn fydda petha.

"Lle ma'r wine-list ta?" ydi cwestiwn cynta Aron ar ôl tsharmio Mam a Rhian yn racs efo'i anwyldeb naturiol a'i bryd a gwedd golygus. ("Blydi sodin gojys, Ler!" medda Rhian dan ei gwynt, a'i llygid wedi agor yn fawr. Doedd o fawr o dro yn ei hennill hi drosodd ta!)

"Ym, ma' 'na win sgiawan?" medda fi yn ysgafn, gan ddamio 'mod i wedi anghofio rhybuddio Aron mai noson ddi-alcohol fydda hon iddo fynta. Fi oedd wedi gyrru, felly mae'n debyg ei fod o wedi gweld ei gyfla am sesh fach. Mae o'n sbïo arnai efo gwynab "ti'm yn sîriys?" cyn derbyn ei ffawd, ac optio am ddŵr bybls o ganol ryw greigia ym mhendraw'r Alban.

"Wel, Aron," medda Mam, gan glosio ato fo dros y bwrdd. "Sut wyt ti a Dils yn dod mlaen erbyn hyn? Dipyn o free-spirit ydi o, fatha titha..."

"Mam!" Allai'm coelio hyn. Alla'i jyst ddim coelio'r ddynas.

"Be? Dwi'n siŵr bod Aron yn cytuno bod hi'n bwysig medru cyd-dynnu efo'r bobol sy' agosa ata ti, yn dwyt Aron? Wedi'r cwbwl, fydd Dils yn rhan o dy fywyd di am byth yn bydd, a fynta'n dad i Anni..."

"Wrth gwrs," medda Aron, gan dagu dipyn bach ar y swigod. 'Mae bywyd yn rhy fyr i ddal dig yn dydi..."

"Yn union. Dyna ti Leri, o'n i'n gwbod y bydda Aron yn dallt. Bron imi ei wahodd o yma heno a deud y gwir..." fy nhro i i dagu rŵan – ma'r ddynas yn honco-bost! "...ond wedyn mi feddylish i byddai'n well ganddo fo gael noson fach efo Anni... dio'n ei gweld hi'n amal?"

"Yndi, yn eitha amal, dydi Ler?"

"Rhy blydi aml os ti'n gofyn i fi," medda fi, "ddwywaith dair yr wythnos ma' siŵr... ac ma' hi'n aros draw o leia unwaith..."

"Very civilised... dwi mor falch eich bod chi wedi medru delio efo'r peth cystal. Gosh, mae gen i a Phillipe ffrindia sy'n benna-gyfeillion efo'u cyn-bartneriaid – yn mynd allan efo nhw bob penwythnos, yn gwarchod plant ei gilydd, dim problem o gwbwl..."

"Dwi'm yn meddwl y daw hi i hynny rwsut," medda fi, drwy gegiad o ratatouille go ffiars.

"Wyddos di byth..." medda Mam, gan wenu a chrychu'i thrwyn ar Aron, fel tasa hi'n cyfarch babi mewn pram.

"Gawn ni newid y pwnc rŵan plîs? Dwi'm di dod yma i siarad am Dils..." medda fi, yn dechra cael llond bol go iawn.

Mae Aron yn llwyddo'n wyrthiol i ddiodda gweddill y noson gyda gwên, chwara teg iddo fo, ac mae Mam yn byhafio'i hun yn o lew ar y cyfan. Llwyddiant oedd y cyfarfyddiad cyntaf felly, ond dydw i erioed 'di bod mor falch o gael ffarwelio a chamu i'r car, gan ochneidio fy rhyddhad o fod wedi dod o'na heb ffraeo na chwydu. Er gwaetha pob ymgais i roi fy nghreisus diweddara i gefn fy meddwl, roedd o'n mynnu brigo'n gyson drwy gydol y pryd bwyd, gan wneud imi deimlo'n hollol sgitso am ista fanna'n gwenu'n braf, tra bod fy nghalon a'm mhen i'n chwara slaps. Dwi'n stopio'r car yn yr off-leisans agosa, fel bod Aron yn cael dipyn o gonsoleshyn preis, ac i ffwrdd â ni am adra.

Does na fawr o sgwrs i'w gael gan Aron, ond beryg bod y cradur yn trio dod i delera â'r ffaith bod teulu ei gariad newydd yn hollol nyts.

"Be ti'n feddwl ohonyn nhw 'ta?" Sgota go iawn...

"Annw'l iawn... ma' gennyn nhw feddwl y byd ohonat ti yn does?"

"Wel oes gobeithio!"

"...a Dils..."

"Duw, nagoes, jyst trio cadw'r ddesgl yn wastad ma' Mam sdi, fel'na mae hi efo bob dim. Sbred ddy lyf, a rhyw gachu felly..."

"Sbredio'n dena mae o wedyn, dyna 'di'r peryg..."

"Jyst hiwmro hi sy' isho chdi..."

Mae Aron 'di clecio tri can yn y car, a dwi'n dechra sylweddoli'i fod o braidd yn gocls erbyn inni gyrraedd y tŷ.

"Na'i agor potal o win? Ta ti 'di câl digon?" medda fi, gan studio'r poteli ar ben y ffrij. Dwi ffansi rhyw lasiad bach, ond sgenna i fawr o awydd gorffan y botal chwaith, ac ma' na olwg reit gysglyd ar yr hen Aron.

"Be ti'n feddwl, 'wedi cael digon'?" medda hwnnw'n flin, "Ti'n trio deud wrtha'i faint ga'i yfad rŵan, wyt ti?"

"Hei! Ddim isho landio'n yfad y cwbwl lot fy hun ydw i, na'i gyd! Croeso i ti rannu potal efo fi os mai dyna wt tisho…" a dwi'n estyn potal o goch o'r rac bren simsan.

"Be am hon?"

"Os wyt ti'n deud Leri, os wyt ti'n deud…"

Be ffwc sy'n bod arno fo rŵan? Dwi di sylwi'i fod o'n un am gecru yn ei ddiod, ond mae o fatha tincar heno, a'i holl osgo yn bwdlyd a stiff. Diawl, mi fydda smoc fach yn gneud lles i hwn, ond ma' Aron yn casau drygs o unrhyw fath. Wel, heblaw cwrw de. Dwi wrthi'n tanio amball gannwyll yn y lownj pan mae'n ffôn bach i'n canu.

"Gad o, ia?" medda Aron o gongol y soffa.

Rhif tŷ ni sy ar y sgrin fach. "Dils sy na!" O rargian, be sy 'di digwydd?

"Haia, be sy?" Mae 'nghalon i'n drymio, a dwi'n clwad Anni'n rhyw gwyno-crio yn y cefndir. Poen dannadd sgenni hi medda Dils, ac mae o isho gwbod os geith o roi Calpol a Baby Nurofen iddi o fewn chydig oria i'w gilydd. Ffiw. Chwara teg i Dils, mae o'n ofalus iawn efo petha fel'na, ac mae o'n ddigon o foi i jecio efo fi yn hytrach na chymryd arno bod o'n gwbod y lot. Ar ôl esbonio'r ffeithia ffisig, dwi'n cynnig mynd i'w nôl hi, ond mae Dils 'in control' medda fo, ac yn medru cadw llygad iawn arni hi yn y gwely mawr. Dwi'n meddwl amdanyn nhw ganol y gwely pres antîc, ac Anni'n cwtsho yn ei gesail o fel wiwer fach yn gaeaf-gysgu... Hen beth cas ydi hiraeth... ond hiraeth am be, Leri, ac am bwy yn union? Get e grup, wir Dduw.

"Bob dim yn ocê," medda fi, wrth ista nesa at Aron a chymryd slyrp o'r gwin. "Diolch byth am hynny, de. Ew, ges i banics am funud bach!"

Y funud nesa, mae 'ngwydr gwin i'n hedfan ar draws y sdafall, a'i gynnwys yn sblashio ar hyd y walia magnolia fel tasa na lofruddiaeth wedi digwydd. Dwi'n clwad y gwydr tena yn torri yn erbyn y silff lyfra ym mhen draw'r sdafall, a'r darnau yn tipian-tapian ar y llawr laminet. Mae Aron ar ei draed, a'i wyneb yn un clais o dempar du.

"Ti'n meddwl mod i'n ffycin sdiwpid?" Mae o'n taranu arna'i rŵan, yn sefyll uwch fy mhen i a'i ddyrnau'n ddau gwlwm wrth ei ochr.

"Be ti'n feddwl? Be dwi 'di neud?" Dwi'n suddo 'nôl i gefn y soffa wrth iddo fo roi'i wyneb mor agos a fedar o at 'yn un i.

"Ti'n gwbod yn union be ti 'di neud yr hwran! Siarad yn lyfi-ffycin-dyfi ar y ffôn efo'r cadach gŵr na sgen ti! Paid ti â meddwl am funud 'mod i'm yn gwbod be di'r sgôr – isho sgriwio'r ddau ohonan ni wt ti de! Ti'n cal lle da gan ddau fŷg – i be s'isho chdi ddewis? Does na neb yn gneud ffŵl ohona'i, dallda... neb!"

"Ond..." a chyn imi fedru deud mwy na hynny, mae o 'di

cydio yn 'y ngwynab i gertydd fy ngen, ac yn gwasgu a gwasgu nes tynnu croen fy mochau yn dynn.

"Do'n i ddim wedi gorffen…" mae o'n sibrwd rŵan – ei geg yn tasgu poer, a'i lygid yn tasgu casineb. "Dwi bron â dy luchio di allan…"

"Be?" medda fi'n floesg drwy'i fysidd o, mewn anghredinedd llwyr.

"DO'N I DDIM WEDI GORFFEN!" Mae o'n gweiddi rŵan, ac yn symud ei ddwylo o 'ngên i lawr at fy ngwddw, gan fy ffôrsio fi nôl yn bellach i gefn y soffa.

"Paid Aron, plîs…dwi'n methu…" ond prin mod i'n medru cael y geiria allan. Dwi'n teimlo'n hun yn dechra mynd yn benysgafn, ac mae Aron yn gollwng ei afael ac yn sythu.

"Sbia be ti di gneud fi neud…" medda fo, gan gerdded i'r gegin, drwy'r drws cefn ac allan i'r ardd. Dwi'n ista yna am be sy'n teimlo fel awr, a'n meddwl i'n un ffair ddryslyd yn troi a throi, yn sboncio'n ddi-reol i bob cyfeiriad yn chwilio am esboniad i'r hyn sydd newydd ddigwydd. Dwi'n codi ar fy nhraed, gan weld fy adlewyrchiad yn y drych uwchben y lle tân. Mae na batshyn coch ar fy ngwddw, a phan dwi'n codi mhen i sbïo'n iawn mae 'na boenau bach yn saethu i lawr at fy ysgwyddau. Dwi'n sbïo tua'r ardd, gan feddwl mynd ar ôl Aron. Ddylwn i binshio'n hun? Ydi hyn wedi digwydd go iawn? Ond does na ddim gwadu'r ôl ar fy ngwddw, ac yn dawel fach dwi'n gwisgo'n nghôt ac yn mynd allan o'r tŷ, gan gau'r drws yn ddistaw tu ôl imi.

Pennod 26

Yn y car, dwi'n sbïo eto ar fy ngwddw yn y drych bach tu ôl i'r fflap haul. Dwi fel taswn i'n synnu o weld fod y patshyn dal yno, a dwi'n edrych eto, jyst i jecio. Yndi, mae o yna. Yndi, mae'r hunlle yma'n wir.

Dwi'n tanio'r injan ac yn gyrru'n gwbwl ddigyfeiriad i lawr y stryd. Does gen i ddim syniad i ble dwi am fynd, ond mae gyrru yn gneud imi deimlo'n well. Gyrru a gyrru, gan droi'r digwyddiadau yn fy mhen, a goleuadau'r stryd fel niwl euraidd o flaen fy llygaid. Fwya sydyn dwi'n ffendio'n hun ganol dre, a tacsi yn canu'i gorn yn flin arnai am ista fel llo ar ganol bocs-jyncshon. Ffwc, dwi'n beryg bywyd mewn lle fel hyn, a dyma dynnu drosodd i'r pafin lydan o flaen M&S. Mae'n iawn Leri, ti'n ocê. Dwi'n mwytho fy ngwddw, ac yn hel fy ngwallt tu ôl i nghlustia. Anadl ddofn, dyna ti. Mae gwres y dydd yn drymaidd yn y car o hyd, a dwi'n agor y drws, gan godi'n sigledig, a phwyso yn erbyn ochr y car. Mae na awel braf, ac er gwaetha'r traffic a'r bwrlwm sdiwdants, mae mhen i'n dechra clirio.

Mae hi'n dawel i lawr wrth yr afon, ac er mod i'n gwbod mod i'n gneud peth gwirion yn cerdded ffor'ma ar fy mhen fy hun, ma' gen i syniad go lew mod i 'di cael fy siâr o ham-byg am hello. Er nad oes na ddyfrgwn yn chwara na samon yn sboncio, mae na rwbath hardd am yr hen afon fudur yma, a'i throlis darniog â'i charpedi rhacslyd yn creu siapiau di-enw yn y gwyll. Mae'r hen honglad o adeilad yr ochr draw wedi dechra mynd a'i ben iddo, a'r tyllau yn fframio goleuadau'r ddinas, sydd yn eu tro yn dawnsio ar y dŵr du.

Dwi'n clywed sŵn rhywun yn pesychu, a dwi'n troi fel topyn i drio gweld pwy sy 'na a lle maen nhw. Mae 'na ddynas yn cerdded tu ôl imi, wel, dwi'n deud cerddad, ond mae hi fel llong mewn storm a deud y gwir.

"Are you OK?" medda fi, gan weld yr olwg druenus ar ei dillad a'i gwallt. Wrth iddi godi'i golygon, dwi'n sylweddoli mod i'n ei nabod hi. Yn ei nabod hi'n iawn, hefyd.

"Diane!"

Mae hi'n sbïo arna'i drwy fwg ei sdwmpyn sigaret. Blanc.

"Diane, Leri sy ma' – chi'n cofio? Leri... 'Leri 2x2' erbyn hyn..."

Dwi'n closio ati, ac mae ei llygaid yn sbarcio mewn adnabyddiaeth.

"Leri! Jesus! Be ti'n neud lawr fan hyn? 2x2?"

"Ia," a dwi'n patio 'mol a hannar gwenu.

"Blydi hel, ti'm yn wastio amser wyt ti? Popeth wedi gweithio mas yn ocê iti dden?"

192

"'Swn i'm yn deud hynny," medda fi, "Chi oedd yn iawn, Diane – mi oedd o'n tw gwd tw bi trŵ."

"O wel," medda hi'n ffeind, "ti'n smoco?"

"Ymm… nadw…"

"Ti'n cadw'r babi te…"

"Ymm… yndw… yndw, dwi'n meddwl…"

"Wel congrats i ti!"

"Diolch… diolch, Diane. A sut ma' petha di bod efo chi? Dwi'n rili sori am bob dim, o'n i'n rêl bitsh efo chi, ac efo Craig, a dwi'n sori. Nes i jyst colli'r plot, dwi'n meddwl…"

"Ma'n digwydd i'r gore ohonan ni, love! Nes i ddim darllen y peth yn y papur a deud y gwir… oedd well 'da fi beidio yn y diwedd. Ma' pethe di bod bach yn shit rîli… Craig 'nôl yn jêl, dwi 'nôl ar y pop, a Kirsty'n byw efo Mam ffull-time nawr… ond dwi di cael digon… time for a change… ma' 'na social worker 'di bod yn dod draw, ishe i fi gael help a sdwff…"

"Ddylach chi fynd amdani…"

"Ie, wel, gawn ni weld yndyfe… dwi 'di cael lot o help dros y blynydde, ond falle bod yr amser yn iawn tro ma…"

"Dach chi'n uffar o ddynas, Diane…"

"So mae e di troi'n violent, do?"

193

"Sut dach chi'n gwbod?"

"Pam arall fydde merch neis fel ti'n cerdded o gwmpas fan hyn efo gwyneb seen a ghost a marcie coch ar dy wddw?"

Debyg fod Diane druan yn ecsbyrt ar y petha 'ma.

"Paid mynd 'nôl – neith e ddigwydd eto ac eto ac eto, tan wyt ti'n rhy wan i stopo pethe. Dwi di gweld e'n digwydd gymaint o weithie, ma' fe'n boring. Lle ma'r ferch fach, eniwe?"

"Efo'i thad…"

"Nes di coc-yp yn fanna yndo fe…"

"Do…"

"Dim ots… plenty more fish…"

"Na, dim i fi. Jyst Anni a fi, rŵan…"

"A'r babi…"

"Ia, a'r babi…"

"Di e'n gwybod?"

"Na…"

Mae hi'n sniffian ac yn tanio'r sdwmpyn tamp am y degfad tro.

"Hmm, trici… tough life, bod yn single mum…"

"Yndi, ma' siŵr…"

"Yn enwedig i ddau…"

"Mmm… dwi heb feddwl y peth drwodd yn iawn eto, ond dydw i ddim isho cael ei wared o chwaith…"

"Fel'na o'n i'n teimlo hefyd… falle bod e di bod yn fistêc, sai'n gwbod… ond fyddi 'di byth yn difaru'i gadw e, dyna un peth…"

"Lle dach chi'n aros heno ma' Diane?"

"Fan'na…" ac mae hi'n pwyntio at hen bont a'i llond hi o graffiti.

"Be, drwy'r nos?"

"Ie… o leia ma'n sych, ac af i gatre yn y bore, pan fyddai'n sobor…"

"No wei bo fi'n gadal chi fa'ma, Diane. Grandwch, dwi am fynd i gnocio drws 'yn chwaer, dydi hi'm yn byw yn bell o fa'ma… be am i chi ddod efo fi?"

Mi fydd Rhian yn thrild, ond tyff, dwi di gneud un tro gwael â Diane yn barod, a dydw i ddim am ei gadael hi fan hyn yn ddarpar-sglyfaeth i bob nytar sy'n digwydd pasio. Ac eniwe, dwi'n joio cwmni'r ddynas. Mi fydd 'na ddigon o le yn y lownj, rhwng y soffa a'r llawr.

"Fi ddim yn arfer derbyn offers o help, ond sod it – diolch Leri, fydde hynna'n blydi grêt."

A dan ni'n cychwyn fraich-yn-fraich i lawr y llwybr, ac i

gyfeiriad y fflatia gachu-posh sydd wedi bod yn codi fel madarch ym mhen ucha'r afon.

* * *

Ma' wyneb Rhian yn bictiwr wrth agor drws y fflat, ac mae hi'n tynnu'i dresin gown satin yn dynnach wrth weld bod 'na rywun diarth efo fi. Mae hi'n tanio'r golau allanol, a dwi'n sylwi bod croen ei hwyneb yn rhyw lwyd rhyfadd, fel tasa hi di bod yn mela yn y cwt glo.

"Be sy di digwydd i dy wynab di dŵad?" Fel tasa'n un i'n rwbath i'w frolio.

"Di rhoi St. Tropez dwi, fel hyn mae o i ddechra…"

"Del iawn…" Ma' coegni'n beth handi mewn creisus.

"Ac eniwe, be ti'n da yma? A pwy di hon?" Mae hi'n sbïo lawr ei thrwyn ar Diane, sydd o'r diwedd wedi derbyn bod y sdwmp sigaret wedi darfod.

"Ti'n cofio fi'n sôn am Diane?"

"Nadw." Sôn am swta.

"Wyt! Mam Andrew!"

"O, ia… dwi'n cofio rwbath. Lle ti di bod eniwe, a lle ma' Aron? Fuoch chi rownd dre wedyn do? Golwg felly arna chdi…"

Ma' Diane a fi'n dilyn Rhian i lawr y coridor ac i'r stafell fyw.

"Os di hon yn sic ar y seagrass, mi fydd na uffar o le, ti'n dalld?" medda Rhian yn dawel-ish yn 'y nghlust i.

Dwi'n amneidio ssh! arni – argol, mai'n hogan rŵd. "Yn hun dwi... ma' Aron adra..."

Dwi'n tynnu godra ngwallt o gwmpas fy ngwddw i guddio'r cochni. Does gen i fawr o awydd mynd drwy'r cyfan efo Rhian. Ddim heno 'ma, beth bynnag.

"Lle ma' Mam?"

"Yn 'i gwely siŵr, yn cael 'i biwti-slîp efo llond 'i phen o rags... ro'dd hi'n impresd uffernol efo Aron... rhaid chdi watshiad hi sdi, ti'n gwbod fel mai efo'r dynion ifanc ma!"

"Gawn ni aros yma heno ma, Rhi?" Fwya sydyn dwi'n teimlo'n hollol nacyrd, ac ma' Diane yn edrach reit hapus yn pendwmpian ar y soffa foethus.

"Be, y ddwy ohonach chi?"

"Ia... plîs Rhi, dwi'm isho mynd adra heno..."

"Oes na rwbath di digwydd?"

"Ddim go iawn... dduda'i wrthat ti'n y bora... dwi jyst â marw isho rhoi 'mhen lawr, a Diane hefyd... priti-plîs efo siwgwr yn drwch? Na'i o fyny iti Rhi, wir rŵan..."

"Blincin hec, be ti'n feddwl ydw i, hostal?"

"Diawl o un neis..." medda fi'n crafu ffwl-sbîd.

"Be tisho, dau ddŵfe ta un?"

"Un fel matras, a'r llall drostaf, ia?"

"Lle ffindis 'di hon?" ma' Rhian yn nodio at Diane, sydd bellach yn rhochian fel porchell yn ei chot law pŷg. "Fydd rhaid imi ffiwmigetio'r lle ma' fory, dos wbod be mai 'di dod efo hi…"

"Ti'n un o fil, Rhian, be fyswn i'n neud hebdda chdi dŵad?"

"Ti ar ddrygs ne rwbath?" Di'r hen hogan ddim 'di arfar cael y ffasiwn driniaeth. "A'i nôl y dwfe 'na."

Pennod 21

Mae'n rhaid 'mod i 'di cysgu cyn i Rhian gyrraedd yn ôl,
achos yng nghesail Diane ydw i pan dwi'n deffro, a'r
dwfe droston ni'n dwy. Ma' ngwddw i wedi'i blygu'n
anghyffyrddus at 'y mrest, ac awtsh! fedrai'm yn fy
myw'i symud o heb arteithio'n hun ar yr un pryd. Aw aw
aw, dwi'n symud o dipyn bach ar y tro, ac yn ara' deg
bach dwi'n llwyddo i sythu rhywfaint. Mae
digwyddiadau'r noson gynt yn rhuthro efo'r gwaed i
mhen i – blydi hel, pwy fydda'n meddwl y bysa Mr
Ffantastig yn troi allan i fod yn ffasiwn anifail? Be ddiawl
na'i rŵan? Nid yn unig dwi'n feichiog, ond dwi hefyd yn
ddi-gartra, a nunlla i fynd heblaw at Dils i grafu. Paid â
bod mor browd, Leri, i lle arall ei di? Ond na, does gen i
mo'r wyneb, ac ma'r gronyn lleia o hunan-barch yn beth
mawr i rywun sydd wedi ildio nawdeg-naw-y-cant
ohono fo eisoes.

Mae cyfog gwag yn dod drosta'i fwya sydyn. Ia, dwi'n
cofio dy fod ti yno! Ac yndw, dwi dal am dy gadw di!
Ti'm yn gall, Leri fel tasa gen ti'm digon ar dy blat. Dwi'n
codi at un o bot-plants Rhian, gan gyfogi drosto fo fel ci
di bod yn byta gwair. Dipyn bach o boer oren (y blydi
ratatouille 'na) a dyna hynny drosodd am y tro. Mae
Diane yn dal i gysgu, gryduras. Be o be ydw i'n mynd i

199

neud rŵan. Mi fydd Dils yn fy nisgwyl i acw i nôl Anni toc, a finna mewn ffasiwn stad. Dwi 'di gadal pawb i lawr, yn enwedig Anni. Mae mama i fod yn bobol gall, sy'n medru synhwyro'n reddfol be sy'n iawn i'w plant, a dyma fi wedi mynd â'n hogan fach i fyw at leiniwr. Blydi hel, fi sisho'r soshal wyrcar, ddim Diane. Be ddudith Dils? Fedrai'm gadal iddo fo ffendio allan am hyn. No we. Smalio bach 'mod i ac Aron 'di ffraeo, a dod ag Anni i fan hyn at Rhian tan 'mod i'n ffendio lle bach newydd inni'n dwy, dyna fydda ora. Bydda'n gry, Leri, bydda'n gry.

Damia. Rŵan dwi'n cofio am y blydi car. Erbyn imi gerdded i nôl hwnnw mi fydd hi'n amser nôl Anni ma' siŵr. Dwi'n tynnu'n mobeil o boced din fy nhrowsus er mwyn tshecio'r amsar. Ma' na neges destun. Gen Aron, sgwn i? Ia 'fyd. Yr hen galon yn pwmpio eto sbiwch, er bod y basdad wedi hannar yn nhagu fi. *"Does na ddim geiria i ddisgrifio sut dwi'n teimlo bore ma. Dydw i ddim yn dy haeddu di. Cariad am byth, A xxx"*

Mae brafado'r noson gynt yn dechra gwanio, a'r dagrau'n dod yn ddi-ymdrech, gan losgi'r toriada bach yng nghroen fy ngwddw lle mae gwinadd Aron wedi bachu. A finna wedi disgyn mewn cariad efo fo! Sut fuish i mor gibddall? Roedd o'n bob dim o'n i isho mewn dyn – bob dim, a mwy! Sut fedar o neud rwbath fela? Sut fedar o fod mor frwnt... A pam bod hyn wedi gorfod digwydd i fi? Be 'nes i i neb? Be 'nes i i haeddu'r ffasiwn driniaeth? Argol, ma'n rhaid mod i 'di gneud rwbath diawledig mewn bywyd o'r blaen. Ella bod Mam 'di dalld hi efo'r busnas karma na. Neu ella mai Rhian sy'n iawn: "Ma bywyd yn be ti'n 'i neud o sdi Ler..." A dwi 'di gneud un moch fawr o betha, yndo? Leri Elis, adyltres, fflwzi ac ynffit myddyr.

Dwi jyst â blydi disgyn erbyn imi gyrraedd y car, a drwy ryw ryfedd wyrth, dydi hwnnw ddim wedi'i glampio. Ma' gen i docyn parcio, oes, ond mi fetsa'i fod yn waeth. Dwi'n trio twtio'n hun hynny fedra'i cyn cnocio ar Dils, gan roi dipyn bach o'r colur sbâr dwi'n ei gadw yn y car 'in cês of umyrjynsis'. Ma'r patshyn coch wedi cilio i fod yn debycach i siap llaw, ac mae'r ymylon wedi dechra duo rhywfaint. Blydi hel, sôn am olwg bathetig. Ma' gen i hen siaced law ym mŵt y car, a dwi'n rhoi hwnnw a'i zipio'n uchel at fy ngên. Dyna welliant.

Daw Dils i'r drws efo Anni ar ei sgwyddau'n wên o glust i glust.

"Ti di colli dy oriad?"

"Ym... naddo... sori, oeddach chi ganol rwbath?"

"Na na, jyst gweld o'n wirion dy fod ti'n cnocio drws dy dŷ dy hun...ti'n ocê Ler? Ti'n edrach dipyn bach yn welw..."

"Dwi'n iawn sdi..."

"Noson fawr, ia?"

"Ym... ia... ia, ma' siŵr..."

Mae Dils yn dod ag Anni i lawr yn ofalus, a'i phasio ata'i.

"Sbia pwy sy ma, Siani-Anni – ma' Mam di dŵad i dy nôl di! Ti am ddeud ffasiwn hwyl ti di cael efo dy dad? Ar ôl 'i gadw fo fyny hannar y nos de!" Mae Dils yn gwenu, gan symud un o gydynnau Anni o'i llygid. Dwi'm yn meddwl mod i rioed 'di'i weld o'n edrych mor hapus, ac mae Anni'n serennu arno fo o tu ôl i'w ffrinj. Wrth afael ynddi a chladdu'n hun yn ei hogla, mae'r dagrau'n dod eto – er imi agor fy llygid fel dwy wok, i drio'u rhwystro rhag disgyn allan.

"Mam di bod yn hiraethu amdanat ti sbia..." medda Dils, gan wenu arnai'n hannar-embaras. "Ti'n siŵr bo chdi'n iawn Ler?"

Ac ma' hynny'n ddigon wrth gwrs yn dydi, yn ddigon i agor y fflodiart go iawn, nes mod i'n gwichian fel megin ac yn crynu fel sbin-seicl. Leri Elis, ddus is ior leiff: crio, chwdu, a chrio a chwdu eto. Does na'm pot-plants yn ein tŷ ni (ma gen i law-farw lle mae unrhyw beth gwyrdd yn'i), felly un o gwpanna-sdacio Anni sy 'gosa i law tro 'ma. Lyfli.

"Argol, ma' raid 'i bod hi'n noson fawr! Tequila eto ma' siŵr ia? Ti'm yn dysgu dy wers nagwyt, e?" Mae o'n estyn diod o ddŵr imi, a dwi'n 'i lowcio fo lawr mewn un.

"Ddim diod di'r bai tro ma..." medda fi, ar ôl cael 'y ngwynt ataf. Waeth imi gladdu'n hun go iawn ddim, be sgen i golli? Mae Dils yn cymryd y gwydr gwag oddi arna'i, ac yn troi am y gegin. "Dwi'n cael babi, sdi... a dwi'm yn gwbod os mai chdi ta Aron di'i dad o..." Ac am yr eildro mewn llai na phedair-awr-ar-hugain, dwi'n dyst i wydr yn malu'n deilchion ar laminet-ffloring. Ond wedi'i ollwng o ma' Dils, nid wedi'i luchio fo, ac yn y cynnwrf o drio codi'r darnau, mae o'n dechra'u hel nhw efo'i ddwylo.

"Watsha Dils! Fyddi di'n malu dy fysidd!" medda fi, sy'n rêl babi efo gwaed. Mae o'n sythu, a golwg dipyn bach yn boeth arno fo, gan roi Anni yn y plê-pen, a chicio'r darnau mwya o wydr at ei gilydd efo'i droed.

"A'i nôl y dystpan.."

"Ti'n gwbod lle mae o?"

"Ym, nadw…"

"O dan y sinc, tu ôl i'r bocs ailgylchu…"

"Ocê… aros di fan'na"

Ac eto fyth, dwi'n ista ar soffa ar fy mhen fy hun, yn syllu i wagle, a'n meddwl i'n un ffair ddryslyd o gwestiynau amhosib eu hateb, ac atgofion rhy boenus i'w cydnabod. Dwi'n clwad Dils yn agor a chau cypyrdda'r gegin, yn chwilio am y bali dystpan. Dils annwyl, Dils ystyriol, Dils ffeind. A dyma fo ar y gair, a'r dystpan ganddo fo, yn sgubo'r llanast i'r bin.

"Reit ta," medda fo, gan godi Anni o'r plê-pen, a'i rhoi i ista rhyngthan ni ar y soffa. "Lle oeddan ni, dŵad?"